启航吧
知识号

课本里的朱自清

朱自清 —— 著

田　圆 —— 编著

北京理工大学出版社
BEIJING INSTITUTE OF TECHNOLOGY PRESS

版权专有　侵权必究

图书在版编目（CIP）数据

课本里的朱自清 / 朱自清著；田圆编著 . -- 北京：北京理工大学出版社, 2025.7.
(启航吧知识号).
ISBN 978-7-5763-5399-0

Ⅰ . I206.6-49

中国国家版本馆 CIP 数据核字第 2025RL5164 号

责任编辑：李慧智	**文案编辑**：李慧智
责任校对：王雅静	**责任印制**：王美丽

出版发行	/ 北京理工大学出版社有限责任公司
社　　址	/ 北京市丰台区四合庄路 6 号
邮　　编	/100070
电　　话	/（010）82563891（童书售后服务热线）
网　　址	/http://www.bitpress.com.cn

经　　销	/ 全国各地新华书店
印　　刷	/ 雅迪云印（天津）科技有限公司
开　　本	/710 mm×1000 mm　1/16
印　　张	/ 9
字　　数	/100 千字
版　　次	/2025 年 7 月第 1 版第 1 次印刷
定　　价	/36.00 元

图书出现印装质量问题，请拨打售后服务热线，负责调换

目录

歌声 / 008

匆匆 / 014

春晖的一月 / 020

背影 / 034

荷塘月色 / 042

一封信 / 050

儿女 / 060

我所见的叶圣陶 / 070

给亡妇 / 080

春 / 090

冬天 / 096

论诚意 / 101

新中国在望中 / 107

始终如一的茅盾先生 / 111

教育家的夏丏尊先生 / 115

中国学术界的大损失——悼闻一多先生 / 121

大学的路 / 131

怎样学习国文 / 136

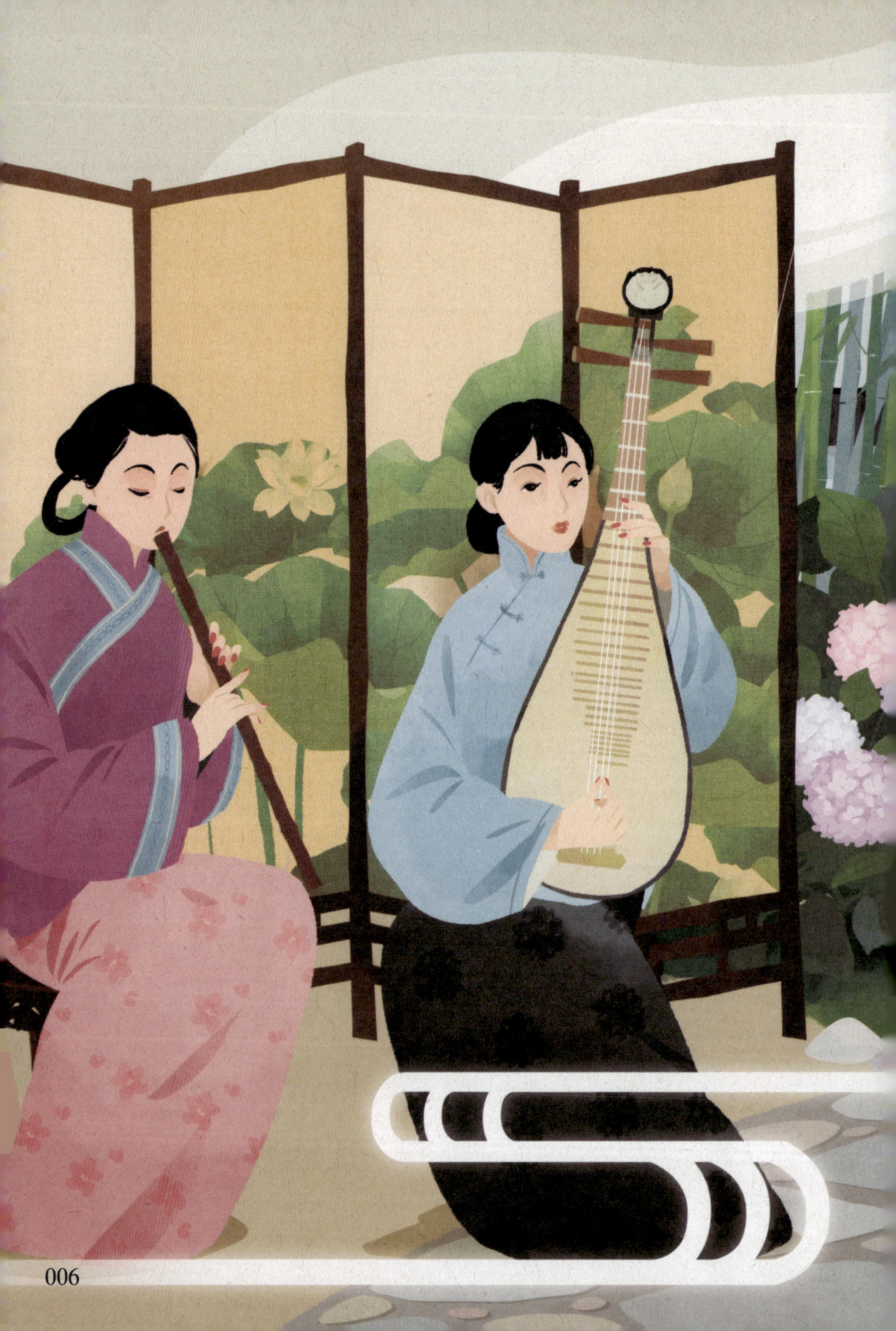

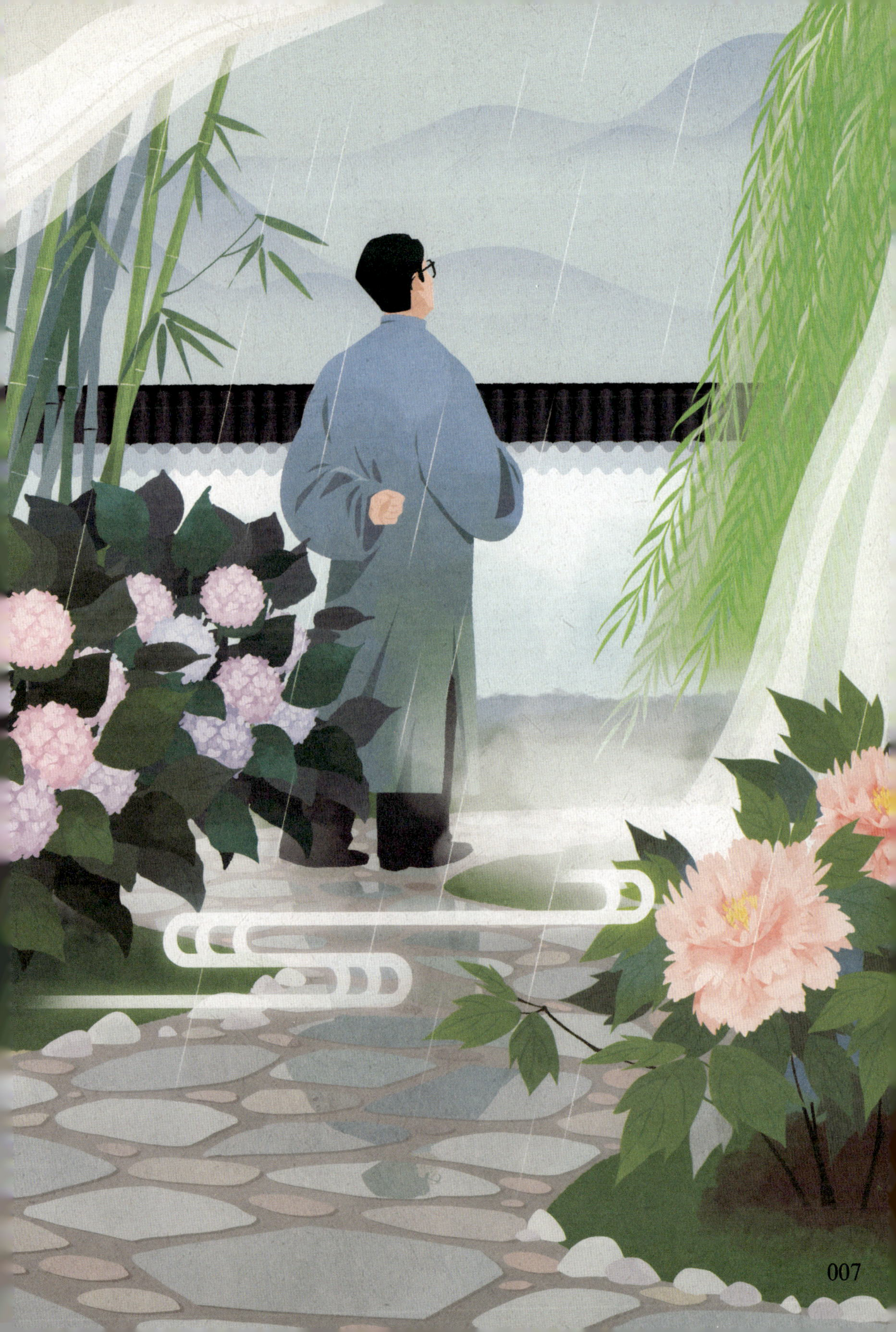

歌声

1921 年 11 月 3 日，上海

原载 1921 年 11 月 5 日《时事新报》副刊《学灯》

昨晚中西音乐歌舞大会里"中西丝竹和唱"的三曲清歌，真令我神迷心醉了。仿佛一个暮春的早晨，霏霏的毛雨默然洒在我脸上，引起润泽、轻松的感觉。新鲜的微风吹动我的衣袂，像爱人的鼻息吹着我的手一样。我立的一条白矾石的甬道上，经了那细雨，正如涂了一层薄薄的乳油；踏着只觉越发滑腻可爱了。

这是在花园里。群花都还做她们的清梦。那微雨偷偷洗去她们的尘垢，她们的甜软的光泽便自焕发了。在那被洗去的浮艳下，我能看到她们在有日光时所深藏着的恬静的红，冷落的紫，和苦笑的白与绿。以前锦绣般在我眼前的，现在都带了黯淡的颜色。——是愁着芳春的销歇么？是感着芳春的困倦么？

大约也因那濛濛的雨，园里没了浓郁的香气。涓涓的东风只吹来一缕缕饿了似的花香；夹带着些潮湿的草丛的气息和泥土的滋味。园外田亩和沼泽里，又时时送过些新插的秧，少壮的麦，和成荫的柳树的清新的蒸气。这些虽非甜美，却能强烈地刺激我的鼻观，使我有愉快的倦怠之感。

看啊，那都是歌中所有的：我用耳，也用眼、鼻、舌、身，听着；也用心唱着。我终于被一种健康的麻痹袭取了，于是为歌所有。此后只由歌独自唱着、听着；世界上便只有歌声了。

知识速递：

霏霏：形容雨、雪、烟、云很盛或很密的样子。

尘垢：基本释义是尘埃和污垢，比喻细微不足道的事物，也指尘世。

涓涓：指细小的水流，形容细水缓缓流的样子。这里的东风是春风的意思，而涓涓春风指的是春天的风很像缓缓流动的水那样的温柔。

田老师讲：

《歌声》这篇散文诞生于1921年11月，是朱自清散文创作生涯中的早期瑰宝。尽管它仅有五百余字的篇幅，却已经充分展现了朱自清抒情散文的独特魅力与深邃内涵。

当时，年轻的朱自清正执教于上海吴淞的中国公学中学部。然而，不久之后，中国公学内部风起云涌，他因保守派的排挤而离开了这所学校。尽管如此，那上海生活的短暂时光，对于朱自清而言，却充满了意义与启示。

在中国公学，朱自清有幸结识了他一直敬仰的叶圣陶先生。两人志同道合，心灵相通，自此往来密切，建立了深厚的友谊。此外，中国公学还汇聚了才华横溢的诗人刘延陵，他与朱自清亦是知己好友。他们三人共同商议，并与远在北京的俞平伯取得联系，筹备创办了中国现代文学史上具有里程碑意义的新诗杂志《诗》月刊，于1922年1月正式创刊。

那时的朱自清，年仅23岁，刚刚步入社会。他一方面深切感受到反动势力对他们的精神压迫，另一方面又因结识了新文学运动中的知己好友而心怀激动与热情。青春的热情在他的心中涌动，为他的创作注入了无尽的活力。

《歌声》所描绘的印象风光，正是朱自清心中向往的理想之境。他来到"中西音乐歌舞大会"，聆听那"三曲清歌"，暂时忘却了学校风潮等纷扰世事，沉醉于自己构建的幻想世界之中。那悠扬的歌声让他联想起"一个暮春的早晨"，心灵得到了片刻的宁静与慰藉。

在这美妙的音乐中，诗人仿佛置身于一场春雨之中。雨点轻轻洒落，抚过他的脸庞，带给他一种润泽而轻松的感觉。他的手触摸到"新鲜的微风"，脚下则是"滑腻可爱的甬道"。这一段文字细腻地描绘了触觉的感受，让人仿佛身临其境。

随后，诗人又带领我们进入了视觉的盛宴。在花园中，他看到了五彩缤纷的"群花"，每一朵都绽放着独特的魅力。朱自清对颜色的感知能力尤为出众，他笔下的"恬静的红""冷落的紫""苦笑的白与绿"都充满了诗意与想象力，读者若不发挥诗意的联想，便难以领略其中的深意。

最后，诗人又通过嗅觉为我们呈现了一幅生动的画面。他闻到"一缕缕饿了似的花香""潮湿的草丛的气息和泥土的滋味"，还有"清新的蒸气"。这些气息交织在一起，构成了一幅充满生命力的自然画卷。从听觉开始，依次唤起触觉、视觉、嗅觉，最终又回到听觉，这样的结构安排使得《歌声》这篇散文充满了巧思与匠心。

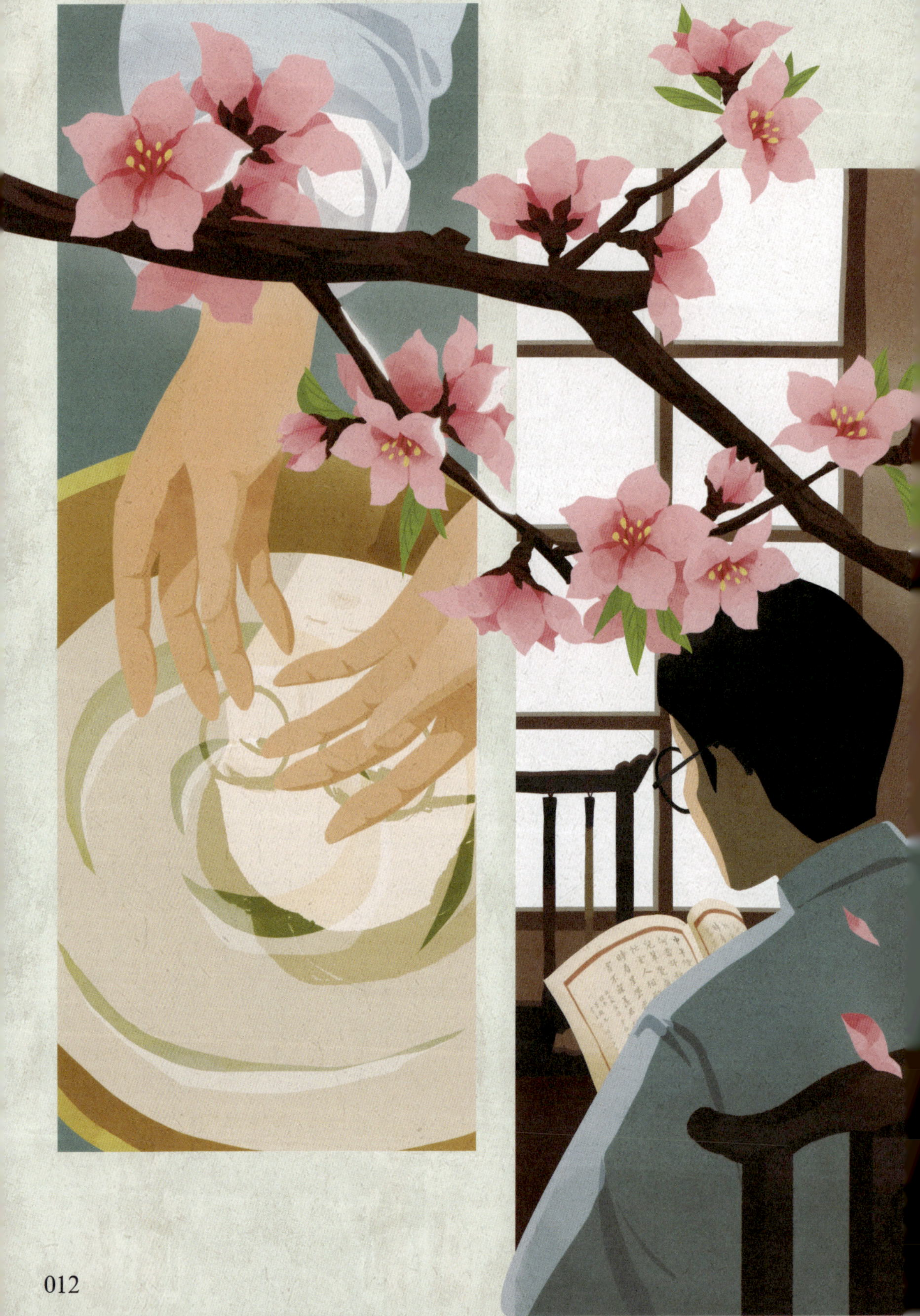

013

匆匆

1922 年 3 月 28 日作

原载 1922 年 4 月 11 日《时事新报》副刊《文学旬刊》第 34 期

　　燕子去了，有再来的时候；杨柳枯了，有再青的时候；桃花谢了，有再开的时候。但是，聪明的，你告诉我，我们的日子为什么一去不复返呢？——是有人偷了他们罢：那是谁？又藏在何处呢？是他们自己逃走了罢：现在又到了哪里呢？

　　我不知道他们给了我多少日子；但我的手确乎是渐渐空虚了。在默默里算着，八千多日子已经从我手中溜去；像针尖上一滴水滴在大海里，我的日子滴在时间的流里，没有声音，也没有影子。我不禁头涔涔而泪潸潸了。

　　去的尽管去了，来的尽管来着；去来的中间，又怎样地匆匆呢？早上我起来的时候，小屋里射进两三方斜斜的太阳。太阳他有脚啊，轻轻悄悄地挪移了；我也茫茫然跟着旋转。于是——洗手的时候，日子从水盆里过去；吃饭的时候，日子从饭碗里过去；默默时，便从凝然的双眼前过去。我觉察他去的匆匆了，伸出手遮挽时，他又从遮挽着的手边过去，天黑时，我躺在床上，他便伶伶俐俐地从我身上跨过，从我脚边飞去了。

等我睁开眼和太阳再见，这算又溜走了一日。我掩着面叹息。但是新来的日子的影儿又开始在叹息里闪过了。

在逃去如飞的日子里，在千门万户的世界里的我能做些什么呢？只有徘徊罢了，只有匆匆罢了；在八千多日的匆匆里，除徘徊外，又剩些什么呢？过去的日子如轻烟，被微风吹散了，如薄雾，被初阳蒸融了；我留着些什么痕迹呢？我何曾留着像游丝样的痕迹呢？我赤裸裸来到这世界，转眼间也将赤裸裸的回去罢？但不能平的，为什么偏要白白走这一遭啊？

你聪明的，告诉我，我们的日子为什么一去不复返呢？

知识速递：

涔涔：这里形容胀痛或者烦闷。还可以形容汗、泪、水等不断往下流的样子，或形容天色阴沉。

潸潸：这里指流泪不止，也可以形容雨水不止。

田老师讲：

这篇文章深刻地展示了朱自清对于自然荣枯与时序变迁引发的关于时间与生命的深沉思考。

"我们的日子为何一去不复返？"这样的问题，迟钝者或许不会触及，但对于敏感者，却是一个无法回避的困惑。朱自清正是这样的敏感者，他执着地探寻着时间的奥秘。当思考时间是否被偷盗或自我逃逸时，他流露出的是一种怅然若失的情绪，仿佛能感受到时间从指间滑过的无奈。

"空虚"是作者对逝去日子的深刻感受，而"溜"字则生动描绘了他对留住时间的无力感。时间有形状吗？时间有声音吗？这些问题或许难以回答，但朱自清却以他独特的感知方式，形容自己的日子如同针尖上的一滴水滴入大海，微不足道却又无法忽视。他感叹于自己的渺小与生命的短暂，同时也惊叹于"时间之流"的浩渺与永恒。

这种对时间流逝的深刻体悟，使得朱自清在文字中流露出"头涔涔而泪潸潸"的伤感。他意识到，如果生命只是浑浑噩噩地度过，那么时间就会在不经意间悄然溜走；而即使觉察到时间的匆匆，若没有通过实际行动去把握，时间依然会在生活的点滴中无情地流逝。

面对时间的无情流逝，朱自清并没有沉沦。他通过六个自问，赋予生命以深沉的思考与理趣。他深知，如果生命只是如同轻烟薄雾般缥缈，那么它的价值将无从谈起。因此，他无法接受一个毫无痕迹的生命历程，发出了"为什么偏要白白走这一遭呢？"的疑问。

在文章的最后，朱自清再次提出了那个关于时间的问题，但此时的他已经不再迷茫和惆怅。他已经找到了自己的答案，那就是珍惜每一寸光阴，爱惜生命，赋予每一个生命的片段以意义和价值。

朱自清的"徘徊"其实源于五四运动的落潮。他渴望进步，但找不到明确的出路，内心充满了困惑与苦恼。然而，他并未因此沉沦，而是以一个勤奋、踏实的知识分子的身份，承担起自己应有的责任。他明白，尽管现实可能令人失望，但每一个生命都不应该被浪费，而应该被赋予真正的意义和价值。

因此，他选择了珍惜每一刻，积极作为，这就是他对于时间与生命问题的最终答案。

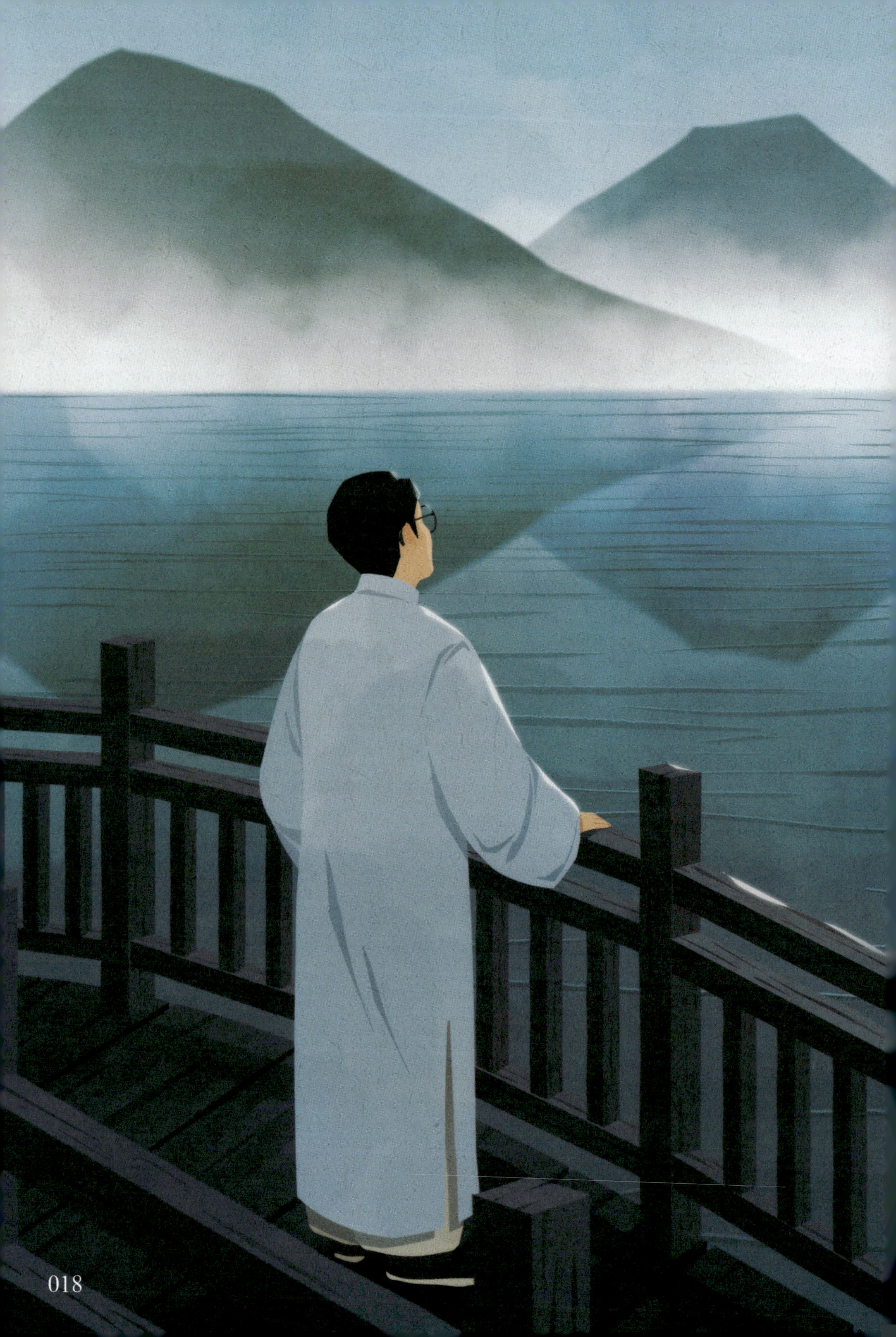

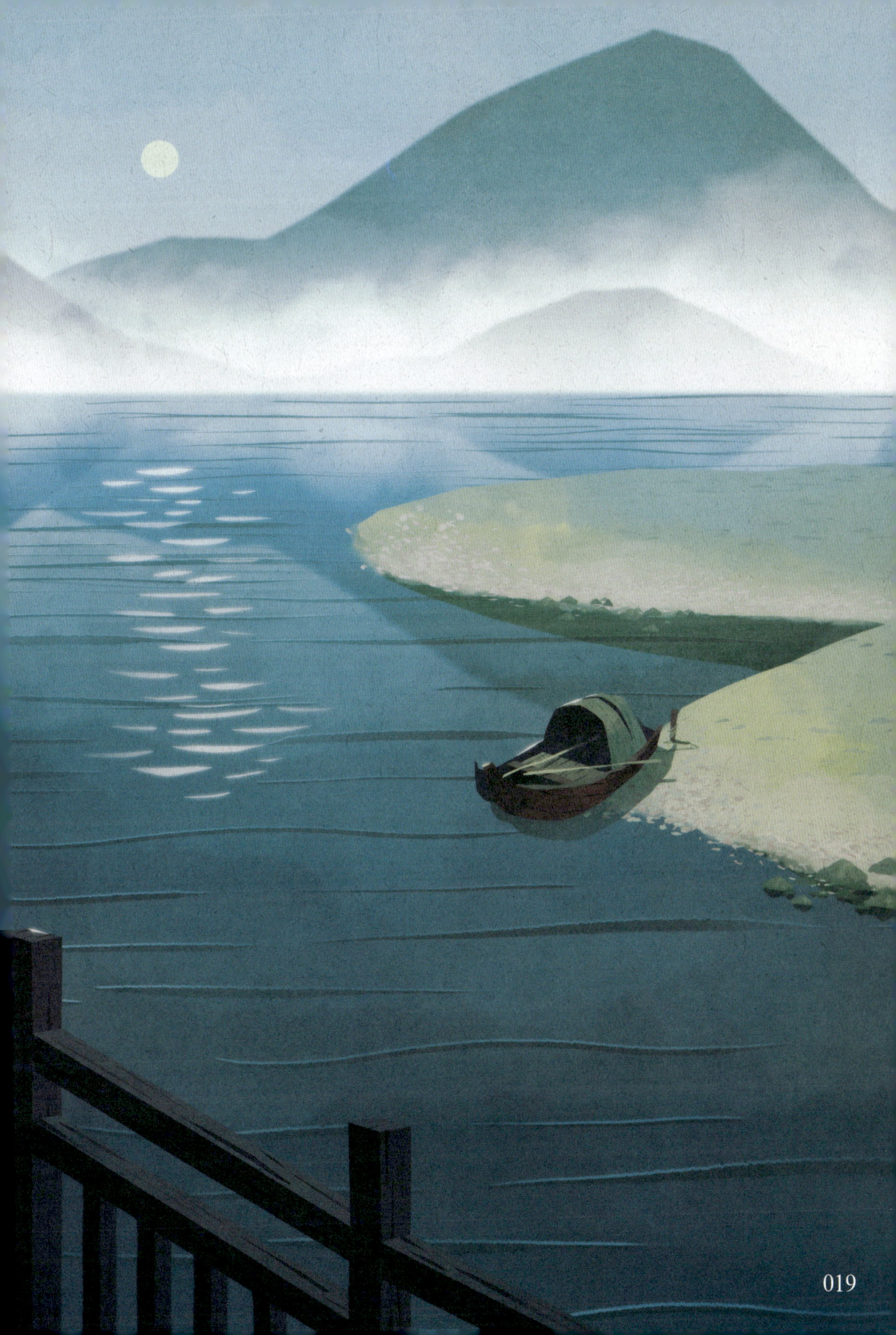

春晖的一月

1924 年 4 月 12 日夜作

原载 1924 年 4 月 16 日《春晖》第 27 期

去年在温州,常常看到本刊,觉得很是欢喜。本刊印刷的形式,也颇别致,更使我有一种美感。今年到宁波时,听许多朋友说,白马湖的风景怎样怎样好,更加向往。虽然于什么艺术都是门外汉,我却怀抱着爱"美"的热诚。三月二日,我到这儿上课来了。在车上看见"春晖中学校"的路牌,白地黑字的,小秋千架似的路牌,我便高兴。出了车站,山光水色,扑面而来,若许我抄前人的话,我真是"应接不暇"了。于是我便开始了春晖的第一日。

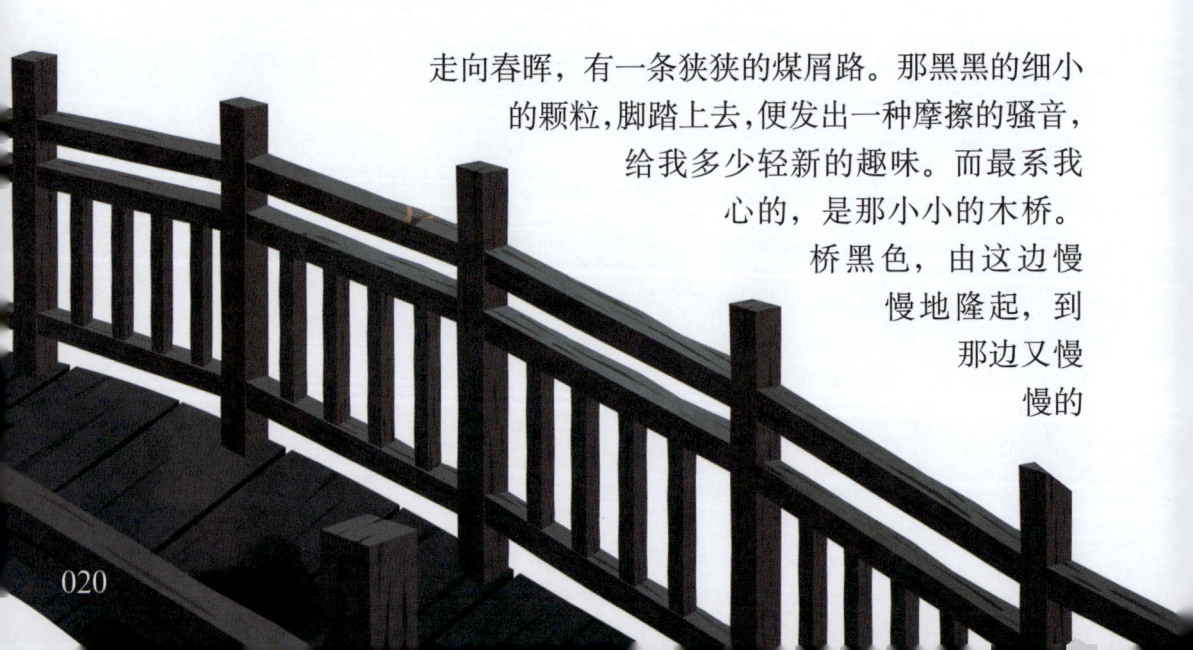

走向春晖,有一条狭狭的煤屑路。那黑黑的细小的颗粒,脚踏上去,便发出一种摩擦的骚音,给我多少轻新的趣味。而最系我心的,是那小小的木桥。桥黑色,由这边慢慢地隆起,到那边又慢慢的低下去，故看去似乎很长。我最爱桥上的阑干，那变形的纹的阑干；我在车站门口早就看见了，我爱它的玲珑！桥之所以可爱，或者便因为这阑干哩。

我在桥上逗留了好些时。这是一个阴天。山的容光，被云雾遮了一半，仿佛淡妆的姑娘。但三面映照起来，也就青得可以了，映在湖里，白马湖里，接着水光，却另有一番妙景。我右手是个小湖，左手是个大湖。湖有这样大，使我自己觉得小了。湖水有这样满，仿佛要漫到我的脚下。湖在山的趾边，山在湖的唇边；他俩这样亲密，湖将山全吞下去了。吞的是青的，吐的是绿的，那软软的绿呀，绿的是一片，绿的却不安于一片；它无端的皱起来了。如絮的微痕，界出无数片的绿；闪闪闪闪的，像好看的眼睛。湖边系着一只小船，四面却没有一个人，我听见自己的呼吸。想起"野渡无人舟自横"的诗，真觉物我双忘了。

知识速递：

应接不暇：这个成语原本是用来形容景色繁多，以至于来不及全部欣赏。后来，这个成语被广泛用于形容前来的人或事情太多，以至于自己感到应付不过来。

阑干：这里同"栏杆"。还有纵横交织、弥漫嵌合的意思。

滁州西涧

唐·韦应物

dú lián yōu cǎo jiàn biān shēng, shàng yǒu huáng lí shēn shù míng
独 怜 幽 草 涧 边 生，上 有 黄 鹂 深 树 鸣。
chūn cháo dài yǔ wǎn lái jí, yě dù wú rén zhōu zì héng
春 潮 带 雨 晚 来 急，野 渡 无 人 舟 自 横。

译文：最是喜爱涧边生长的幽幽野草，还有那树丛深处婉转啼唱的黄鹂。春潮不断上涨，还夹带着密密细雨。荒野渡口无人，只有一只小船悠闲地横在水面。

好了，我也该下桥去了；春晖中学校还没有看见呢。弯了两个弯儿，又过了一重桥。当面有山挡住去路；山旁只留着极狭极狭的小径。挨着小径，抹过山角，豁然开朗；春晖的校舍和历落的几处人家，都已在望了。远远看去，房屋的布置颇疏散有致，决无拥挤、局促之感。我缓缓走到校前，白马湖的水也跟我缓缓的流着。

我碰着<u>丐尊先生</u>。他引我过了一座<u>水门汀</u>的桥，便到了校里。校里最多的是湖，三面潺潺的流着；其次是草地，看过去芊芊的一片。我是常住城市的人，到了这种空旷的地方，有莫名的喜悦！乡下人初进城，往往有许多的惊异，供给笑话的材料；我这城里人下乡，却也有许多的惊异——我的可笑，或者竟不下于初进城的乡下人。闲言少叙，且说校里的房屋、格式、布置固然疏落有味，便是里面的用具，也无一不显出巧妙的匠意思；决无笨伯的手泽。晚上我到几位同事家去看，壁上有书有画，布置井井，令人耐坐。这种情形正与学校的布置，自然界的布置是一致的。美的一致，一致的美，是春晖给我的第一件礼物。

知识速递：

丏(miǎn)尊先生：本名铸，字初为勉旃(miǎn zhān)，后于1912年更名为丏尊，号闷庵，是浙江绍兴上虞籍的杰出文学家、语文学家、出版家及翻译家。1921年，即民国十年，著名教育家经亨颐在故乡上虞创立了春晖中学，夏丏尊先生应邀回归故里，担任教职。同年，他加入了文学研究会，成为该组织初创时期的重要成员之一。为实现理想教育，夏丏尊广邀志同道合的伙伴共赴春晖，其中不乏文学巨匠如朱自清先生，他们在白马湖畔，构筑了一个鼓励自由思考与探索的学术与教育乐园。

水门汀：指水泥，有时也指混凝土。

有话即长，无话即短，我到春晖教书，不觉已一个月了。在这一个月里，我虽然只在春晖登了十五日（我在宁波四中兼课），但觉甚是亲密。因为在这里，真能够无町畦。我看不出什么界线，因而也用不着什么防备，什么顾忌，我只照我所喜欢的做就是了。这就是自由了。从前我到别处教书时，总要做几个月的"生客"，然后才能坦然。对于"生客"的猜疑，本是原始社会的遗形物，其故在于不相知。这在现社会，也不能免的。但在这里，因为没有层迭的历史，又结合比较的单纯，故没有这种习染。这是我所深愿的！这里的教师与学生，也没有什么界限。

在一般学校里，师生之间往往隔开一无形界限，这是最足减少教育效力的事！学生对于教师，"敬鬼神而远之"；教师对于学生，尔为尔，我为我，休戚不关，理乱不闻！这样两橛的形势，如何说得到人格感化？如何说得到"造成健全人格"？这里的师生却没有这样情形。无论何时，都可自由说话；一切事务，常常通力合作。校里只有协治会而没有自治会。感情既无隔阂，事务自然都开诚布公，无所用其躲闪。学生因无须矫情饰伪，故甚活泼没有意思。又因能顺全天性，不遭压抑；加以自然界的陶冶：故趣味比较纯正。——也有太随便的地方，如有几个人上课时喜欢谈闲天，有几个人喜欢吐痰在地板上，但这些总容易矫正的。——春晖给我的第二件礼物是真诚，一致的真诚。

知识速递：

无町畦：原指没有田界，这里比喻人的言行没有约束。

敬鬼神而远之：语出《论语·雍也》，原意是敬之而不亲近之意。常用来指对某些人所持的一种态度，既不愿理睬他，又怕得罪他，所以对他客客气气，但是绝不接近。

矫情饰伪：意思是以虚假的现象伪装欺骗别人。

春晖是在极幽静的乡村地方，往往终日看不见一个外人！寂寞是小事；在学生的修养上却有了问题。现在的生活中心，是城市而非乡村。乡村生活的修养能否适应城市的生活，这是一个问题。此地所说适应，只指两种意思：一是抵抗诱惑，二是应付环境——明白些说，就是应付人，应付物。乡村诱惑少，不能养成定力；在乡村是好人的，将来一入城市做事，或者竟抵挡不住。

从前某禅师在山中修道，道行甚高；一旦入闹市，"看见粉白黛绿，心便动了"。这话看来有理，但我以为其实无妨。就一般人而论，抵抗诱惑的力量大抵和性格、年龄、学识、经济力等有"相当"的关系。除经济力与年龄外，性格、学识，都可用教育的力量提高它，这样增加抵抗诱惑的力量。

提高的意思，说得明白些，便是以高等的趣味替代低等的趣味；养成优良的习惯，使不良的动机不容易有效。用了这种方法，学生达到高中毕业的年龄，也总该有相当的抵抗力了；入城市生活又何妨？（不及初中毕业时者，因初中毕业，仍须续入高中，不必自己挣扎，故不成问题。）有了这种抵抗力，虽还有经济力可以作祟，但也不能有大效。

前面那禅师所以不行，一因他过的是孤独的生活，故反动力甚大，一因他只知克制，不知替代；故外力一强，便"虎兕出于柙"了！这岂可与现在这里学生的乡村生活相提并论呢？至于应付环境，我以为应付物是小问题，可以随时指导；而且这与乡村，城市无大关系。我是城市的人，但初到上海，也曾因不会乘电车而跌了一交，跌得皮破血流；这与乡下诸公又差得几何呢？若说应付人，无非是机心！什么"逢人只说三分话，未可全抛一片心"，便是代表的教训。教育有改善人心的使命；这种机心，有无养成的必要，是一个问题。姑不论这个，要养成这种机心，也非到上海这种地方去不成；普通城市正和乡村一样，是没有什么帮助的。

凡以上所说，无非要使大家相信，这里的乡村生活的修养，并不一定不能适应将来城市的生活。况且我们还可以举行旅行，以资调剂呢。况且城市生活的修养，虽自有它的好处，但也有流弊。如诱惑太多，年龄太小或性格未佳的学生，或者转易陷溺——那就不但不能磨炼定力，反早早的将定力丧失了！所以城市生活的修养不一定比乡村生活的修养有效。——只有一层，乡村生活足以减少少年人的进取心，这却是真的！

知识速递：

粉白黛绿：汉语成语，意思是犹粉白黛黑。

虎兕 (sì) 出柙 (xiá)：汉语成语，意思是虎、兕从木笼中逃出；比喻恶人逃脱或做事不尽责，主管者应负责任。

说到我自己，却甚喜欢乡村的生活，更喜欢这里的乡村的生活。我是在狭的笼的城市里生长的人，我要补救这个单调的生活，我现在住在繁嚣的都市里，我要以闲适的境界调和它。我爱春晖的闲适！闲适的生活可说是春晖给我的第三件礼物！

我已说了我的"春晖的一月";我说的都是我要说的话。或者有人说,赞美多而劝勉少,近乎"戏台里喝彩"!假使这句话是真的,我要切实声明:我的多赞美,必是情不自禁之故;我的少劝勉,或是观察时期太短之故。

知识速递:

朱自清此前先后在扬州、上海、台州、温州、宁波等城市教书。

田老师讲：

1924年3月，朱自清先生欣然应聘于春晖中学，担任国文教员一职。短短一个月后，他便以真挚诚恳的笔触，书写下名篇《春晖的一月》。这篇散文，字字句句都是朱自清先生到春晖中学一个月来的深切感受，毫无矫饰，坦诚而动人。

朱自清先生多年辗转于浙江、江苏等地执教，而"春晖中学校"便是他当时任教的一所宁静的乡村中学，坐落于宁波白马湖畔。那里的景致，正如他笔下所描绘：湖在山的趾边轻抚，山在湖的唇边依偎。山的脚边荡漾着湖水，湖的唇边依附着山峦。这般描绘，不禁令人联想到范文正公笔下那"衔远山，吞长江，浩浩荡荡"的壮丽景象。如果说洞庭湖是超脱尘世的仙子，那么朱自清笔下的白马湖便更似一位充满生活气息的凡间佳人，充满了人间烟火气息与温情。山与湖相互依偎，仿佛正沉醉于一场缠绵悱恻的恋爱之中。

这山与水共同绘就了一幅层次丰富、远近高低各异的美丽画卷。而画中"湖边系着一只小船"，或许是朱自清先生随手挥洒的一笔，却无意中为这幅画增添了一抹别样的风情，仿佛是他在独自享受这份宁静与美好。"野渡无人舟自横"，这一句更是画龙点睛，巧妙地表达了他内心的志向与追求。

在文章结尾处，朱自清先生轻描淡写地写道："真觉物我双忘了。"这一句看似随意，实则蕴含着深厚的情感与意境。读到此处，人们或许会联想到那句"此中有真意，欲辨已忘言"。朱自清先生的隐逸之情与清高之志，正如陶诗中那些相与而还的飞鸟，在山水间自由翱翔。

回忆起当年，二十岁的朱自清因家庭经济拮据，为了激励自己坚守清贫、不随波逐流，毅然改名"自清"。这个名字源自《楚辞·卜居》中的"宁廉洁正直以自清乎？"，寓意着保持廉洁正直，清白自守。改名后的两年，他踏足白马湖畔，走进了春晖中学校，开始了他的教育生涯。

初到春晖中学校，他的喜悦之情难以用言语表达。他写道"物我双忘"，而非"两忘"，其中蕴含的深意不言而喻。自古以来，文人墨客多寄情于山水之间，以表达内心的情感与志向。朱自清先生对此亦是驾轻就熟。因此，他的景物描写，既是景，亦是情，达到了"言已尽而意犹未绝"的境地。

拓展阅读

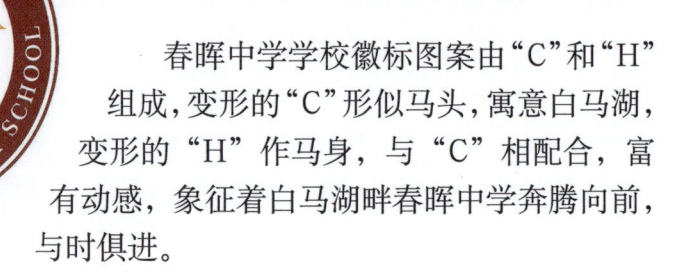

春晖中学学校徽标图案由"C"和"H"组成，变形的"C"形似马头，寓意白马湖，变形的"H"作马身，与"C"相配合，富有动感，象征着白马湖畔春晖中学奔腾向前，与时俱进。

浙江春晖中学

浙江春晖中学，坐落于风景如画的白马湖畔，作为省内首屈一指的重点中学与特色示范高中，其美誉广泛传扬，被誉为"中国乡村教育之瑰宝"，与北方的南开中学齐名，共谱教育辉煌篇章。该校源远流长，其前身为实业家陈春澜先生于1908年创办的春晖初等小学堂，历经岁月洗礼，于1920年前后发展为私立春晖中学，由著名教育家经亨颐先生担纲首任校长，引领教育新风。

春晖中学之师资力量，堪称豪华阵容，汇聚了当时诸多学界泰斗。

国文教师：朱光潜、朱自清、夏丏尊；
音乐教师：李叔同（弘一法师）；
美术教师：丰子恺；
书法教师：于右任（中国百年书法第一人）；
自然科学教师：张孟闻（中国生物科学史奠基人之一）。

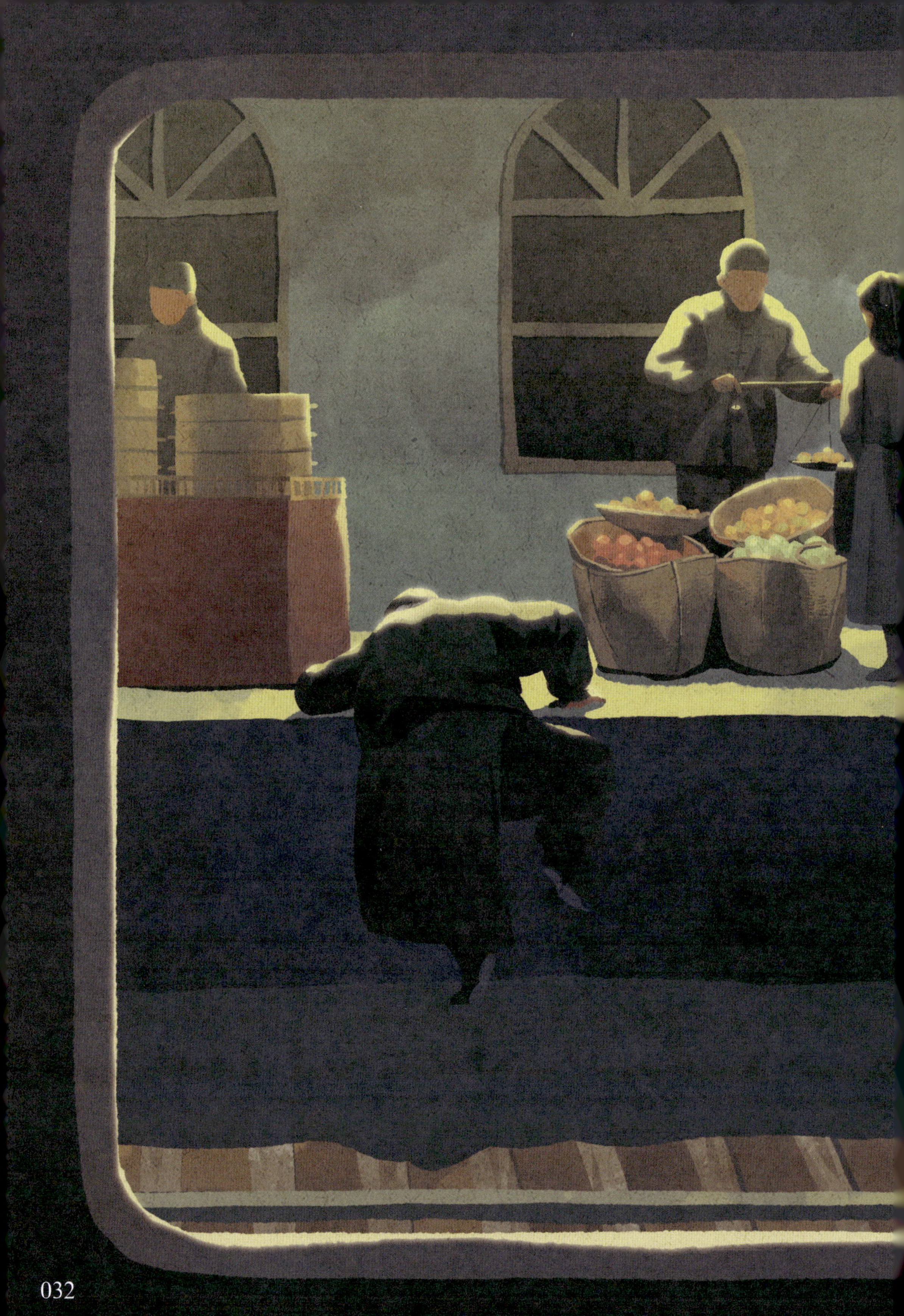

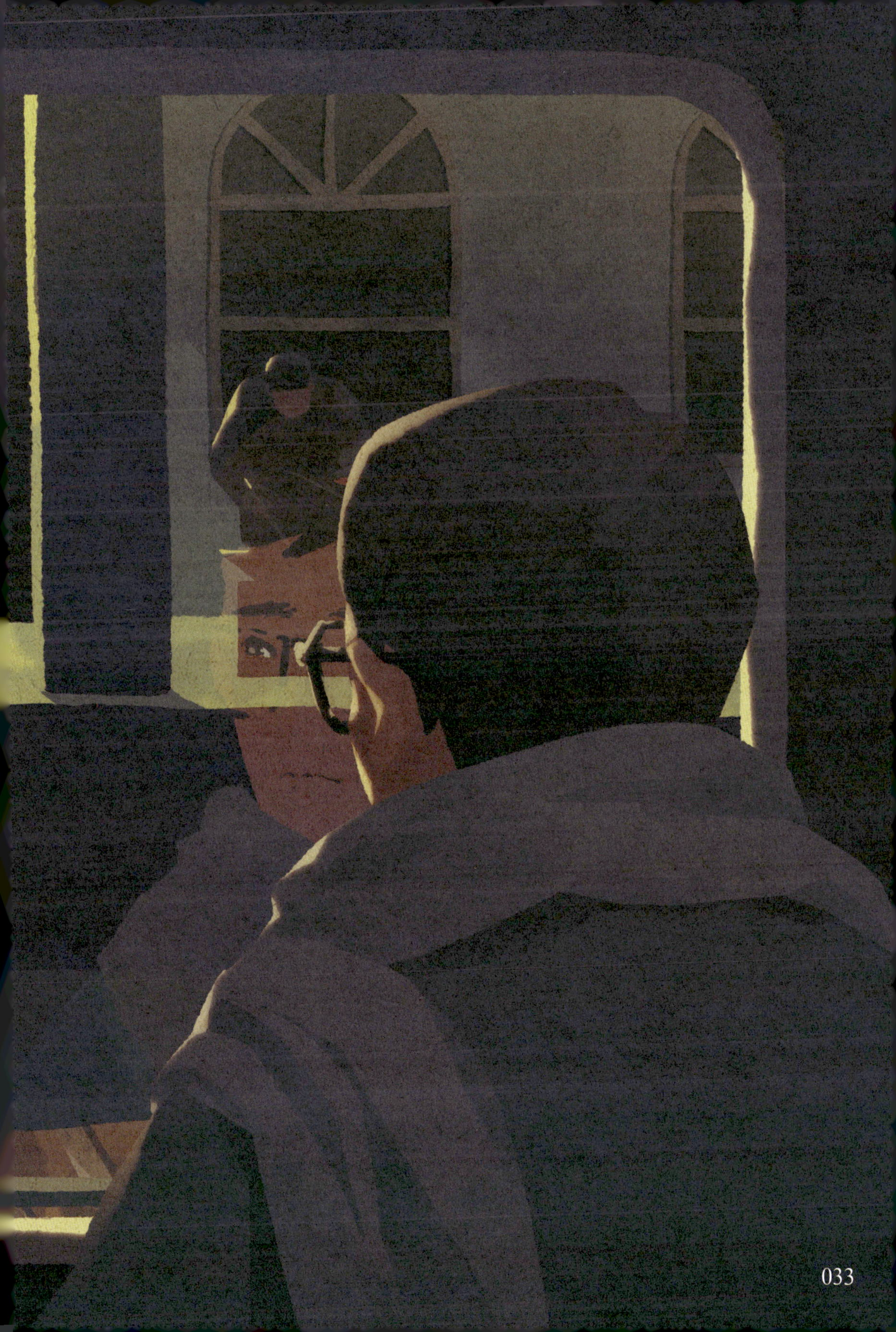

背影

1925年10月,在北京

原载于1925年11月22日《文学周报》第200期

我与父亲不相见已二年余了,我最不能忘记的是他的背影。那年冬天,祖母死了,父亲的差使也交卸了,正是祸不单行的日子,我从北京到徐州,打算跟着父亲奔丧回家。到徐州见着父亲,看见满院狼藉的东西,又想起祖母,不禁簌簌地流下眼泪。父亲说,"事已如此,不必难过,好在天无绝人之路!"

回家变卖典质,父亲还了亏空;又借钱办了丧事。这些日子,家中光景很是惨淡,一半为了丧事,一半为了父亲赋闲。丧事完毕,父亲要到南京谋事,我也要回北京念书,我们便同行。

到南京时，有朋友约去游逛，勾留了一日；第二日上午便须渡江到浦口，下午上车北去。父亲因为事忙，本已说定不送我，叫旅馆里一个熟识的茶房陪我同去。他再三嘱咐茶房，甚是仔细。但他终于不放心，怕茶房不妥帖；颇踌躇了一会。其实我那年已二十岁，北京已来往过两三次，是没有甚么要紧的了。他踌躇了一会，终于决定还是自己送我去。我两三回劝他不必去；他只说："不要紧，他们去不好！"

知识速递：

奔丧：意为从外地赶回去参加或料理亲属的丧事。

狼藉：乱七八糟，非常杂乱。

簌簌 (sù sù)：纷纷落下的样子。

赋闲：指没有职业在家闲着；失业在家。

浦口：浦口区位于江苏省南京市西北部，是南京主城八区之一。

妥帖：意思是恰当，十分合适。

踌躇：指犹豫不决，拿不定主意。

我们过了江，进了车站。我买票，他忙着照看行李。行李太多了，得向脚夫行些小费，才可过去。他便又忙着和他们讲价钱。我那时真是聪明过分，总觉他说话不大漂亮，非自己插嘴不可。但他终于讲定了价钱；就送我上车。他给我拣定了靠车门的一张椅子；我将他给我做的紫毛大衣铺好座位。他嘱我路上小心，夜里要警醒些，不要受凉。又嘱托茶房好好照应我。我心里暗笑他的迂；他们只认得钱，托他们只是白托！而且我这样大年纪的人，难道还不能料理自己么？唉，我现在想想，那时真是太聪明了！

我说道："爸爸，你走吧。"他望车外看了看说："我买几个橘子去。你就在此地，不要走动。"我看那边月台的栅栏外有几个卖东西的等着顾客。走到那边月台，须穿过铁道，须跳下去又爬上去。父亲是一个胖子，走过去自然要费事些。我本来要去的，他不肯，只好让他去。我看见他戴着黑布小帽，穿着黑布大马褂，深青布棉袍，蹒跚地走到铁道边，慢慢探身下去，尚不大难。可是他穿过铁道，要爬上那边月台，就不容易了。他用两手攀着上面，两脚再向上缩；他肥胖的身子向左微倾，显出努力的样子。

知识速递：

迂 (yū)：言行或见解陈旧不合时宜。

蹒跚：这里指腿脚不灵便，走路缓慢、摇摆的样子。

这时我看见他的背影，我的泪很快地流下来了。我赶紧拭干了泪，怕他看见，也怕别人看见。我再向外看时，他已抱了朱红的橘子往回走了。过铁道时，他先将橘子散放在地上，自己慢慢爬下，再抱起橘子走。

到这边时，我赶紧去搀他。他和我走到车上，将橘子一股脑儿放在我的皮大衣上。于是扑扑衣上的泥土，心里很轻松似的，过一会说："我走了；到那边来信！"我望着他走出去。他走了几步，回过头看见我，说："进去吧，里边没人。"等他的背影混入来来往往的人里，再找不着了，我便进来坐下，我的眼泪又来了。

近几年来，父亲和我都是东奔西走，家中光景是一日不如一日。他少年出外谋生，独力支持，做了许多大事。那知老境却如此颓唐！他触目伤怀，自然情不能自已。情郁于中，自然要发之于外；家庭琐屑便往往触他之怒。他待我渐渐不同往日。但最近两年的不见，他终于忘却我的不好，只是惦记着我，惦记着我的儿子。我北来后，他写了一信给我，信中说道："我身体平安，惟膀子疼痛利害，举箸提笔，诸多不便，大约大去之期不远矣。"我读到此处，在晶莹的泪光中，又看见那肥胖的，青布棉袍，黑布马褂的背影。唉！我不知何时再能与他相见！

知识速递：

颓唐：意思是萎靡不振的样子。

箸 (zhù)：指筷子。

田老师讲：

1917年，正值朱自清青春年少的20岁，这一年他遭遇了失去祖母的悲痛。他与父亲一同回家，共同处理丧事，而父亲也在这时候结束了自己作为烟卖局局长的职务。办完丧事后，父子俩同路前往南京，朱自清则继续北上北京。出于对儿子的深深不放心，父亲决定亲自送他到火车站。父亲尽管言辞不够华丽，却竭尽所能地给予帮助，最终甚至穿过铁道去对面的月台，为儿子购买橘子。在那一刻，作为父亲对儿子的深沉关怀、体贴与爱护，让朱自清深受触动，这份感动长久地烙印在他的心中。多年后，每当回想起父亲那时的背影，朱自清都久久不能忘怀。

1925年，朱自清有感于世事沧桑，便挥笔写下了这篇散文。文中，朱自清向读者展现了在旧道德观念逐渐淡化的时代背景下，人与人之间的关系，尤其是父子间最真挚、最动人的情感的觉醒。在这样的觉醒之下，人们首次以真实的自我去体验和表达情感，这也为文章赋予了深刻的革命性历史内涵和思想意义。它的问世不仅提升了朱自清在散文史上的地位，还激发了众多作家竞相模仿他那真挚动人、平和淡雅的散文风格。

现代教育家叶圣陶在其著作《文章例话》中，对这篇文章赞不绝口，称其语言简练，无一多余之词，甚至连"的""了"等字眼都是恰到好处，绝不赘言。现代散文家李广田在《最完整的人格》中亦提到，《背影》虽然篇幅短小，字数有限，却能够历久弥新，感人至深。其魅力并非来自华丽的结构和辞藻，而是源自其质朴与真实，是其中所流露出的真挚情感赋予了它强大的感染力。这样的作品，无疑最能代表朱自清先生的为人与文风。

　　历史学家吴晗在《他们走到了它的反面——朱自清颂》中亦对《背影》给予了高度评价，他认为这篇短文虽然篇幅短小，却具有强大的感染力，历久传诵。《背影》被选为中学语文教材后，在无数中学生心中，"朱自清"与《背影》已然成为不可分割的一体。文学评论家孙绍振在《〈背影〉背后的美学问题》中则深入探讨了《背影》中父子之爱的错位与隐秘，这种情感的复杂性不仅反映了当时的社会背景，更揭示了人性中普遍存在的矛盾与挣扎。

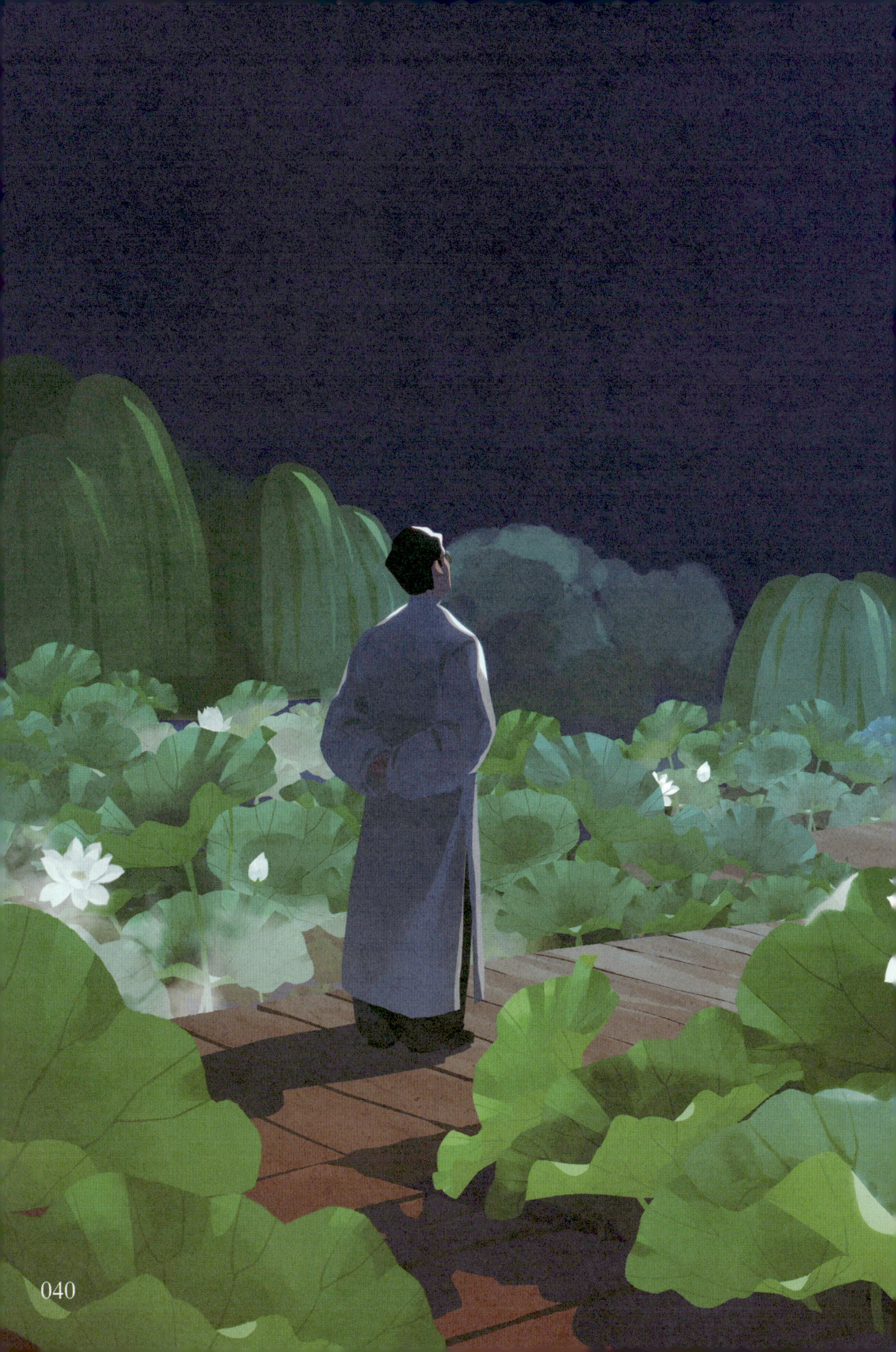

041

荷塘月色

1927 年 7 月，北京清华园

原载 1927 年 7 月 10 日《小说月报》第 18 卷第 7 号

　　这几天心里颇不宁静。今晚在院子里坐着乘凉，忽然想起日日走过的荷塘，在这满月的光里，总该另有一番样子吧。月亮渐渐地升高了，墙外马路上孩子们的欢笑，已经听不见了；妻在屋里拍着闰儿，迷迷糊糊地哼着眠歌。我悄悄地披了大衫，带上门出去。

　　沿着荷塘，是一条曲折的小煤屑路。这是一条幽僻的路；白天也少人走，夜晚更加寂寞。荷塘四面，长着许多树，蓊蓊郁郁的。路的一旁，是些杨柳，和一些不知道名字的树。没有月光的晚上，这路上阴森森的，有些怕人。今晚却很好，虽然月光也还是淡淡的。

知识速递：

幽僻：释义为幽隐、潜藏。幽静而偏僻。

蓊蓊 (wěng wěng) 郁郁：多形容草木蓬勃茂盛的样子。

路上只我一个人，背着手踱着。这一片天地好像是我的；我也像超出了平常的自己，到了另一世界里。我爱热闹，也爱冷静；爱群居，也爱独处。像今晚上，一个人在这苍茫的月下，什么都可以想，什么都可以不想，便觉是个自由的人。白天里一定要做的事，一定要说的话，现在都可不理。这是独处的妙处，我且受用这无边的荷香月色好了。

　　曲曲折折的荷塘上面，弥望的是田田的叶子。叶子出水很高，像亭亭的舞女的裙。层层的叶子中间，零星地点缀着些白花，有袅娜地开着的，有羞涩地打着朵儿的；正如一粒粒的明珠，又如碧天里的星星，又如刚出浴的美人。微风过处，送来缕缕清香，仿佛远处高楼上渺茫的歌声似的。这时候叶子与花也有一丝的颤动，像闪电般，霎时传过荷塘的那边去了。叶子本是肩并肩密密地挨着，这便宛然有了一道凝碧的波痕。叶子底下是脉脉的流水，遮住了，不能见一些颜色；而叶子却更见风致了。

知识速递：

弥望：充满视野，满眼。

田田：形容荷叶相连的样子。

袅娜 (niǎo nuó)：形容女子、草或枝条细长柔软，柔美的样子。

霎时 (shà shí)：形容极短的时间。霎，短时间，一会儿。

脉脉 (mò mò)：形容水流没有声音而又好像有情意。

043

月光如流水一般，静静地泻在这一片叶子和花上。薄薄的青雾浮起在荷塘里。叶子和花仿佛在牛乳中洗过一样；又像笼着轻纱的梦。虽然是满月，天上却有一层淡淡的云，所以不能朗照；但我以为这恰是到了好处——酣眠固不可少，小睡也别有风味的。月光是隔了树照过来的，高处丛生的灌木，落下参差的斑驳的黑影，峭楞楞如鬼一般；弯弯的杨柳的稀疏的倩影，却又像是画在荷叶上。塘中的月色并不均匀；但光与影有着和谐的旋律，如梵婀玲上奏着的名曲。

　　荷塘的四面，远远近近，高高低低都是树，而杨柳最多。这些树将一片荷塘重重围住；只在小路一旁，漏着几段空隙，像是特为月光留下的。树色一例是阴阴的，乍看像一团烟雾；但杨柳的丰姿，便在烟雾里也辨得出。树梢上隐隐约约的是一带远山，只有些大意罢了。树缝里也漏着一两点路灯光，没精打采的，是渴睡人的眼。这时候最热闹的，要数树上的蝉声与水里的蛙声；但热闹是它们的，我什么也没有。

　　忽然想起采莲的事情来了。采莲是江南的旧俗，似乎很早就有，而六朝时为盛；从诗歌里可以约略知道。采莲的是少年的女子，她们是荡着小船，唱着艳歌去的。采莲人不用说很多，还有看采莲的人。那是一个热闹的季节，也是一个风流的季节。梁元帝《采莲赋》里说得好：

于是<ruby>妖<rt>yāo</rt></ruby><ruby>童<rt>tóng</rt></ruby><ruby>媛<rt>yuàn</rt></ruby><ruby>女<rt>nǚ</rt></ruby>，<ruby>荡<rt>dàng</rt></ruby><ruby>舟<rt>zhōu</rt></ruby><ruby>心<rt>xīn</rt></ruby><ruby>许<rt>xǔ</rt></ruby>；<ruby>鹢<rt>yì</rt></ruby><ruby>首<rt>shǒu</rt></ruby><ruby>徐<rt>xú</rt></ruby><ruby>回<rt>huí</rt></ruby>，兼传<ruby>羽<rt>yǔ</rt></ruby><ruby>杯<rt>bēi</rt></ruby>；<ruby>棹<rt>zhào</rt></ruby><ruby>将<rt>jiāng</rt></ruby><ruby>移<rt>yí</rt></ruby><ruby>而<rt>ér</rt></ruby><ruby>藻<rt>zǎo</rt></ruby><ruby>挂<rt>guà</rt></ruby>，<ruby>船<rt>chuán</rt></ruby><ruby>欲<rt>yù</rt></ruby><ruby>动<rt>dòng</rt></ruby><ruby>而<rt>ér</rt></ruby><ruby>萍<rt>píng</rt></ruby><ruby>开<rt>kāi</rt></ruby>。<ruby>尔<rt>ěr</rt></ruby><ruby>其<rt>qí</rt></ruby><ruby>纤<rt>xiān</rt></ruby><ruby>腰<rt>yāo</rt></ruby><ruby>束<rt>shù</rt></ruby><ruby>素<rt>sù</rt></ruby>，<ruby>迁<rt>qiān</rt></ruby><ruby>延<rt>yán</rt></ruby><ruby>顾<rt>gù</rt></ruby><ruby>步<rt>bù</rt></ruby>。<ruby>夏<rt>xià</rt></ruby><ruby>始<rt>shǐ</rt></ruby><ruby>春<rt>chūn</rt></ruby><ruby>余<rt>yú</rt></ruby>，<ruby>叶<rt>yè</rt></ruby><ruby>嫩<rt>nèn</rt></ruby><ruby>花<rt>huā</rt></ruby><ruby>初<rt>chū</rt></ruby>。<ruby>恐<rt>kǒng</rt></ruby><ruby>沾<rt>zhān</rt></ruby><ruby>裳<rt>cháng</rt></ruby><ruby>而<rt>ér</rt></ruby><ruby>浅<rt>qiǎn</rt></ruby><ruby>笑<rt>xiào</rt></ruby>，<ruby>畏<rt>wèi</rt></ruby><ruby>倾<rt>qīng</rt></ruby><ruby>船<rt>chuán</rt></ruby><ruby>而<rt>ér</rt></ruby><ruby>敛<rt>liǎn</rt></ruby><ruby>裾<rt>jū</rt></ruby>。

可见当时嬉游的光景了。这真是有趣的事，可惜我们现在早已无福消受了。于是又记起《西洲曲》里的句子：

cǎi lián nán táng qiū　lián huā guò rén tóu
采莲南塘秋，莲花过人头；
dī tóu nòng lián zǐ　lián zǐ qīng rú shuǐ
低头弄莲子，莲子清如水。

今晚若有采莲人，这儿的莲花也算得"过人头"了；只不见一些流水的影子，是不行的。这令我到底惦着江南了。——这样想着，猛一抬头，不觉已是自己的门前；轻轻地推门进去，什么声息也没有，妻已睡熟好久了。

知识速递：

峭楞楞：指寂然无声地直立着。

梵婀玲 (fàn ē líng)：梵婀玲是小提琴的中文名，音译自英文 violin。

一例：一概，一律。

妖童媛女：俊俏的少年和美丽的少女。

鹢首：船头。鹢是一种大鸟，古代常被画在船头作装饰。

敛裾：把衣襟紧抓成一团。形容害怕船倾的样子。裾，衣襟。

田老师讲：

《荷塘月色》诞生于1927年那个炎炎夏日，正值中国社会的动荡时期。回溯至1925年，朱自清受俞平伯之荐，踏上国立清华大学的讲台，成为国文系的一名教授，他的家眷则依旧留在白马湖。他独自居住在清华园的古月堂，心中的寂寥可想而知。同年10月，他的诗作《我的南方》在《语丝》杂志上发表，字里行间流露出对故土的深深眷恋："我的南方，我的南方，那儿是山乡水乡！那儿是醉乡梦乡！"这距他离开北大正好五年，时光荏苒，心中的感慨愈发浓烈。

1927年，朱自清定居清华园西院，同年7月，那篇脍炙人口的《荷塘月色》便诞生于此。当时正值中国大革命失败，白色恐怖笼罩全国的时期。朱自清作为"大时代中的一名小卒"在斗争与逃避之间徘徊。文章开篇便坦诚地展现了作者内心的纷扰——"这几天心里颇不宁静"。这"颇"字，如同重锤敲击心灵，强调了那份难以言说的不安。随后的文字，无论是思绪的飘荡，还是情感的起伏，都与这"颇不宁静"的心境紧密相连，为全文奠定了深沉的感情基调。

文章随后缓缓展开，描述了荷塘周围的环境，从曲折幽僻的小路，到四周静谧的林木，再到淡淡的月光，每一处都透露出作者内心的孤寂与怅惘。特别是那淡淡的月光，虽然只是今夜的点缀，但在作者眼中，却仿佛有着别样的魅力。这种描写，巧妙地完成了从写景到抒情的过渡，让读者能够深深感受到作者的情感变化。

当文章进入第三部分，对荷塘和月色的描写变得更加细腻入微。荷叶的亭亭玉立，荷花的婀娜多姿，以及月光下荷塘的静谧与美丽，都被作者用生动的笔触一一描绘出来。这些景物在作者的笔下仿佛有了生命，让人仿佛置身于那片荷塘之中，与作者一同感受那份宁静与美好。

然而，文章的最后部分却透露出一种复杂的心理。作者在欣赏完荷塘月色后，终究还是要回到现实世界中。他对于现实的不满与对于超脱的渴望，在文字中得到了充分的体现。这种复杂的情感，使得《荷塘月色》不仅仅是一篇描写自然风光的散文，更是一篇充满了人文关怀与深刻思考的作品。

整体来看，《荷塘月色》以其独特的艺术构思和深刻的思想内涵，成为中国现代文学史上的一篇经典之作。它不仅仅是对荷塘月色的美丽描绘，更是对人生、对现实、对情感的深刻反思与探索。

第一部分（1~3段）：离家散步——颇不宁静
第二部分（4~6段）：荷塘踱步——暂获宁静
第三部分（7~10段）：推门回家——仍不宁静

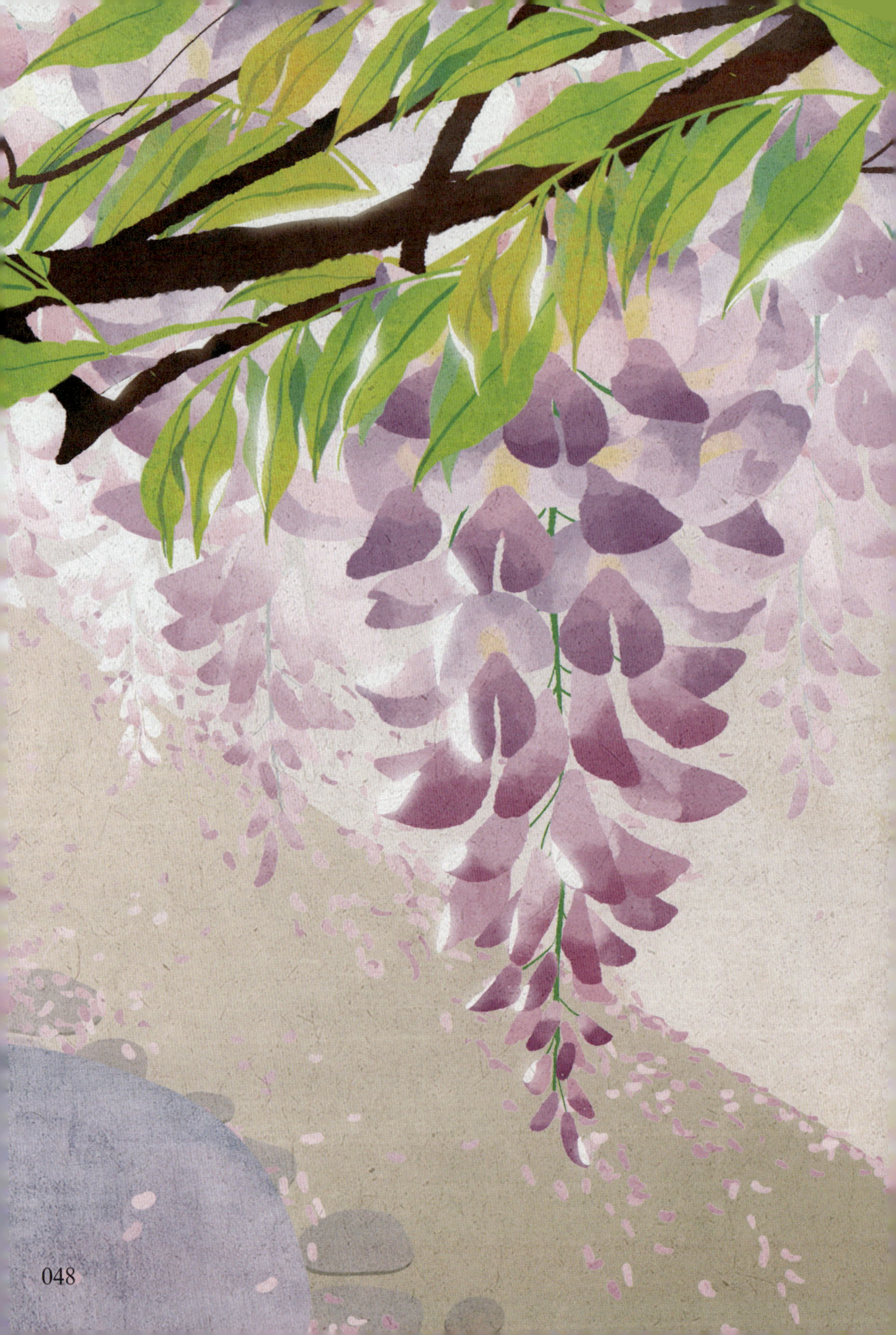

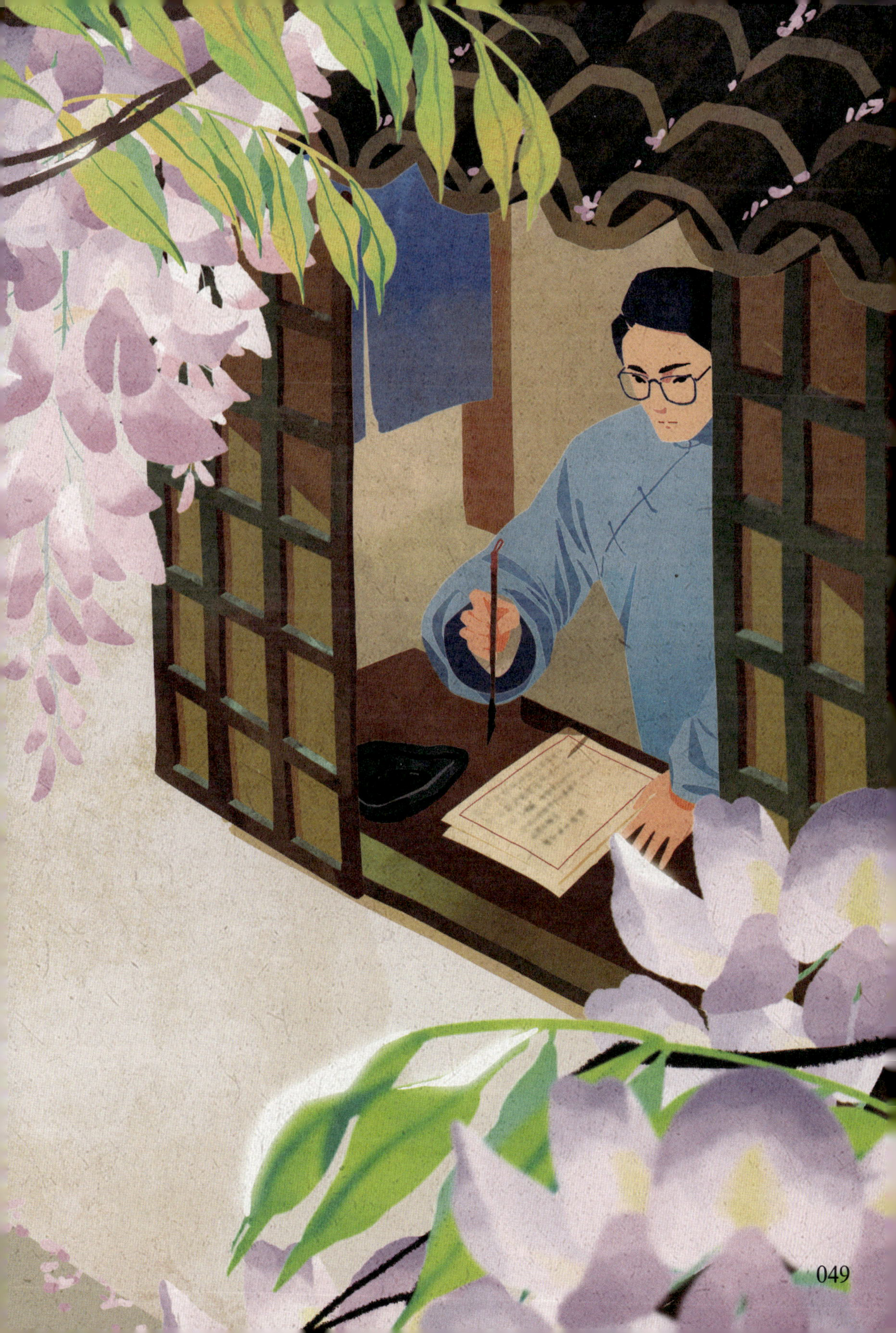

一封信

原载 1927 年 10 月 14 日《清华周刊》
副刊《清华文艺》第 2 期

    在北京住了两年多了，一切平平常常地过去。要说福气，这也是福气了。因为平平常常，正像糊涂一样难得，特别是在这年头。但不知怎的，总不时想着在那儿过了五六年转徙无常的生活的南方。诚然算不得好日子；但要说到人生味，怕倒比平平常常时候容易深切地感着。现在终日看见一样的脸板板的天，灰蓬蓬的地；大柳高槐，只是大柳高槐而已。于是木木然，心上什么也没有；有的只是自己，自己的家。我想着我的渺小，有些战栗起来；清福究竟也不容易享的。

    这几天似乎有些异样。像一叶扁舟在无边的大海上，像一个猎人在无尽的森林里。走路，说话，都要费很大的力气；还不能如意。心里是一团乱麻，也可说是一团火。似乎在挣扎着，要明白些什么，但似乎什么也没有明白。"一部《十七史》，从何处说起"，正可借来作近日的我的注脚。昨天忽然有人提起《我的南方》的诗。这是两年前初到北京，在一个村店里，喝了两杯莲花白以后，信笔涂出来的。于今想起那情景，似乎有些渺茫；至于诗中所说的，那更是遥遥乎远哉了，但是事情是这样凑巧：今天吃了午饭，偶然抽一本旧

杂志来消遣，却翻着了三年前给S的一封信。信里说着台州，在上海，杭州，宁波之南的台州。这真是我的南方了。我正苦于想不出，这却指引我一条路，虽然只是一条路而已。

知识速递：

转徙无常：意思是转移迁徙没有规律；指行踪不定。

灰蓬蓬：犹言灰蒙蒙。

战栗：也作"颤栗"，形容竭力克制因过分激动而引起的颤抖或因恐惧、寒冷而发抖、哆嗦。

十七史：十七部史书的总称，中国史学发展到宋朝，一共编著了正史17部。十七史包括《史记》《汉书》《后汉书》《三国志》这四部被称为"前四史"的史书，以及在此基础上增加的《晋书》《宋书》《南齐书》《梁书》《陈书》《魏书》《北齐书》《周书》《隋书》这九部史书，再加上《南史》《北史》《新唐书》《新五代史》这四部史书，共同构成了十七史。"一部十七史，从何处说起"出自明代王宗沐的《宋元资治通鉴》："文王天祥仰天言曰：'自古帝王有兴有废'。孝罗曰：'且问，盘古至今，几宿几王？'天祥曰：'一部十七史，从何处说起。吾非应博学宏词，何暇泛论。'"

我不忘记台州的山水，台州的紫藤花，台州的春日，我也不能忘记S。他从前欢喜喝酒，欢喜骂人；但他是个有天真的人。他待朋友真不错。L从湖南到宁波去找他，不名一文；他陪他喝了半年酒才分手。他去年结了婚。为结婚的事烦恼了几个整年的他，这算是叶落归根了；但他也与我一样，已快上那中年的线了吧。结婚后我们见过一次，匆匆的一次。我想，他也和一切人一样，结了婚终于是结了婚的样子了吧。但我老只是记着他那喝醉了酒，很妩媚的骂人的意态。

这在他或已懊悔着了。

南方这一年的变动，是人的意想所赶不上的。我起初还知道他的踪迹；这半年是什么也不知道了。他到底是怎样地过着这狂风似的日子呢？我所沉吟的正在此。我说过大海，他正是大海上的一个小浪；我说过森林，他正是森林里的一只小鸟。恕我，恕我，我向那里去找你？

这封信曾印在台州师范学校的《绿丝》上。我现在重印在这里；这是我眼前一个很好的自慰的法子。

九月二十七日记

S兄：

　　……

我对于台州，永远不能忘记！我第一日到六师校时，系由埠头坐了轿子去的。轿子走的都是僻路；使我诧异，为什么堂堂一个府城，竟会这样冷静！那时正是春天，而因天气的薄阴和道路的幽寂，使我宛然如入了秋之国土。约莫到了卖冲桥边，我看见那清绿的北固山，下面点缀着几带朴实的洋房子，心胸顿然开朗，仿佛微微的风拂过我的面孔似的。

到了校里，登楼一望，见远山之上，都幂着白云。四面全无人声，也无人影；天上的鸟也无一只。只背后山上谡谡(sù sù)的松风略略可听而已。那时我真脱却人间烟火气而飘飘欲仙了！后来我虽然发现了那座楼实在太坏了：柱子如鸡骨，地板如鸡皮！但自然的宽大使我忘记了那房屋的狭窄。我于是曾好几次爬到北固山的顶上，去领略那飕飕的高风，看那低低的，小小的，绿绿的田亩。这是我最高兴的。

来信说起紫藤花，我真爱那紫藤花！在那样朴陋——现在大概不那样朴陋了吧——的房子里，庭院中，竟有那样雄伟，那样繁华的紫藤花，真令我十二分惊诧！她的雄伟与繁华遮住了那朴陋，使人一对照，反觉朴陋倒是不可少似的，使人幻想美好的昔日！

我也曾几度在花下徘徊：那时学生都上课去了，只剩我一人。暖和的晴日，鲜艳的花色，嗡嗡的蜜蜂，酝酿着一庭的春意。我自己如浮在茫茫的春之海里，不知怎么是好！那花真好看：苍老虬劲的枝干，这么粗这么粗的枝干，宛转腾挪而上；谁知她的纤指会那样嫩，那样艳丽呢？那花真好看：一缕缕垂垂的细丝，将她们悬在那皴裂的臂上，临风婀娜，真像嘻嘻哈哈的小姑娘，真像凝妆的少妇，像两颊又像双臂，像胭脂又像粉……我在他们下课的时候，又曾几度在楼头眺望，那丰姿更是撩人：云哟，霞哟，仙女哟！我离开台州以后，永远没见过那样好的紫藤花，我真惦记她，我真妒美你们！

知识速递：

台 (tāi) 州：位于中国浙江省沿海中部，是一个历史悠久、文化底蕴深厚的地级市。其地理位置得天独厚，居山面海，平原丘陵相间，形成"七山一水二分田"的格局。台州历史悠久，5000 年前就有先民在此生息繁衍。唐武德五年（622 年），置台州，以境内有天台山而得名，台州之名自此始。此后，台州经历了多次行政区划调整，最终于 1994 年 8 月撤地设市。

虬 (qiú) 劲：意思是盘曲而有力。

皴 (cūn) 裂：是发生在手足的深浅不一的裂纹。这里是拟人用法。

婀娜：（姿态）柔软而美好。多用来形容柳枝等较为纤细的植物体态优美或女子身姿优雅，亭亭玉立；也形容女子轻盈柔美。

    此外，南山殿望江楼上看浮桥（现在早已没有了），看憧憧的人在长长的桥上往来着；东湖水阁上，九折桥上看柳色和水光，看钓鱼的人；府后山沿路看田野，看天；南门外看梨花——再回到北固山，冬天在医院前看山上的雪；都是我喜欢的。说来可笑，我还记得我从前住过的旧仓头杨姓的房子里的一张画桌；那是一张红漆的，一丈光景长而狭的画桌，我放它在我楼上的窗前，在上面读书，和人谈话，过了我半年的生活。现在想已搁起来无人用了吧？唉！

台州一般的人真是和自然一样朴实；我一年里只见过三个上海装束的流氓！学生中我颇有记得的。前些时有位 P 君写信给我，我虽未有工夫作复，但心中很感谢！乘此机会请你为我转告一句。

我写的已多了；这些胡乱的话，不知可附载在《绿丝》的末尾，使它和我的旧友见见面么？

弟自清
1927 年 9 月 27 日

田老师讲：

  1922年初春，年仅24岁的朱自清，孤身一人踏上了这座临海的江南小城。他应聘至浙江省立第六师范学校——现今的台州初级中学执教，开启了长达五年的南方生活。尽管物质生活颇为困顿，但他的教学之路却走得坚实而成功。

  朱自清热爱生活，满怀激情，常与年轻学子们畅谈诗文，探讨学术，引领他们在唐诗宋词的海洋中领略文学之美。他的教诲深受学生们的喜爱，也赢得了同行们的一致好评。尽管他在台州的时光仅有一年，但对这座<u>钟灵毓秀</u>的江南小城却情有独钟，每每忆及，总是满怀深情。

  在北京的岁月里，朱自清时常怀念南方的那段时光。某日，他无意间翻阅一本旧杂志，看到了自己三年前写给S的一封信。这封信仿佛是一扇时光之门，将他带回了台州，带回了与S共度的那些美好时光。

  台州的北固山巍峨壮丽，紫藤花烂漫盛开，九折桥古朴典雅，每一处风景都美得令人陶醉。而台州的人，更是和善可亲，让人倍感温暖。这些记忆中的美好，对于如今身处北京、心绪纷乱的朱自清来说，显得尤为珍贵，值得他永远珍藏。

离开了"我的南方",那段时光似乎已渐行渐渐远,但这封信的出现,却又将朱自清带回了那段岁月。时光荏苒,信中的字迹已有些许模糊,但那份情感却依旧清晰如初。

自这封信写完至今,已过去多年。周围的人和事都发生了许多变化,当初的S也已娶妻生子,融入了生活的洪流之中。他那爱骂人的性格,在朱自清的记忆中依然鲜明如初。分别之初,朱自清还曾追寻过他的踪迹,但近半年来,他的生活状况如何,朱自清已无从知晓。尽管久未联系,但朱自清却从未忘记过他。

"我说过大海,他正是大海上的一个小浪;我说过森林,他正是森林里的一只小鸟。恕我,恕我,我向那里去找你?"朱自清的这段话,读来令人感动至深。即便久未谋面,但见字如面,那份真诚的关心与牵挂从未改变。因为打动人心的,往往并不是那些豪言壮语,而是那些平淡如水却真挚无比的小句子。

知识速递:

钟灵毓(yù)秀:意思是凝聚了天地间的灵气,孕育着优秀的人物。指山川秀美,人才辈出。

058

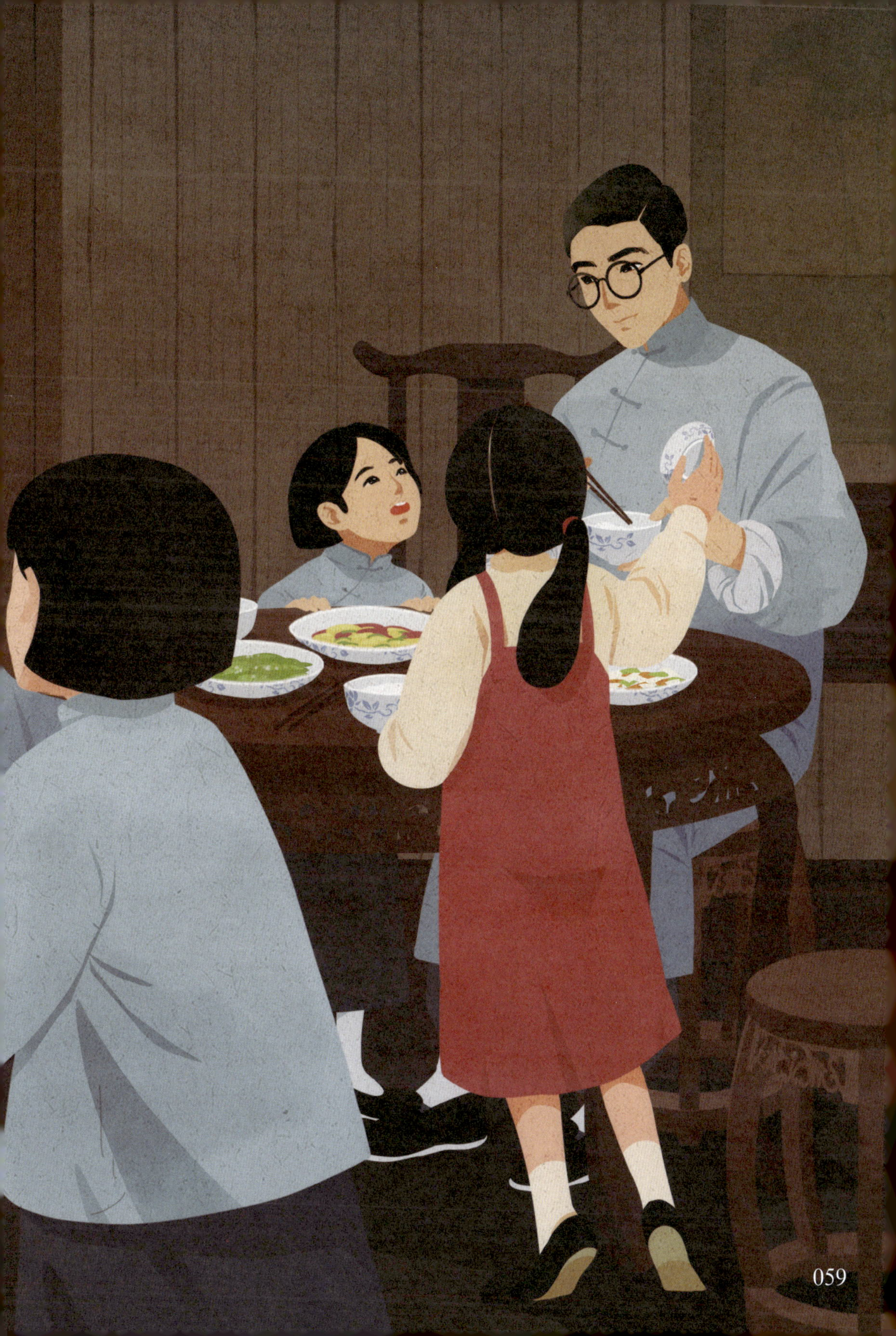

儿女

1928 年 6 月 24 日晚写毕，北京清华园

原载 1928 年 10 月 10 日《小说月报》第 19 卷第 10 号

我现在已是五个儿女的父亲了。想起圣陶喜欢用的"蜗牛背了壳"的比喻，便觉得不自在。新近一位亲戚嘲笑我说，"要剥层皮呢！"更有些悚然了。

十年前刚结婚的时候，在胡适之先生的《藏晖室札记》里，见过一条，说世界上有许多伟大的人物是不结婚的，文中并引培根的话："有妻子者，其命定矣。"当时确吃了一惊，仿佛梦醒一般，但是家里已是不由分说给娶了媳妇，又有甚么可说？现在是一个媳妇，跟着来了五个孩子；两个肩头上，加上这么重一副担子，真不知怎样走才好。"命定"是不用说了；从孩子们那一面说，他们该怎样长大，也正是可以忧虑的事。

我是个彻头彻尾自私的人，做丈夫已是勉强，做父亲更是不成。自然，"子孙崇拜""儿童本位"的哲理或伦理，我也有些知道。既做着父亲，闭了眼抹杀孩子们的权利，知

道是不行的。可惜这只是理论，实际上我是仍旧按照古老的传统，在野蛮地对付着，和普通的父亲一样。近来差不多是中年的人了，才渐渐觉得自己的残酷；想着孩子们受过的体罚和叱责，始终不能辩解——像抚摸着旧创痕那样，我的心酸溜溜的。

有一回，读了有岛武郎《与幼小者》的译文，对了那种伟大的，沉挚的态度，我竟流下泪来了。去年父亲来信，问起阿九，那时阿九还在白马湖呢；信上说："我没有耽误你，你也不要耽误他才好。"我为这句话哭了一场；我为什么不像父亲的仁慈？我不该忘记，父亲怎样对待我们来着！人性许真是二元的，我是这样地矛盾；我的心像钟摆似的来去。

知识速递：

悚然：形容害怕的样子。

有岛武郎（1878—1923年）是日本近代著名的作家，也是白桦派文学兴盛期的重要人物之一。他的文学作品数量丰富且质量上乘，以深刻的社会洞察力和人道主义精神著称，关注社会底层人民的苦难，同时也在探索人性的复杂与矛盾。

你读过鲁迅先生的《幸福的家庭》吗？我的便是那一类的"幸福的家庭"！每天午饭和晚饭，就如两次潮水一般。先是孩子们你来他去地在厨房与饭间里查看，一面催我或妻发"开饭"的命令。急促繁碎的脚步，夹着笑和嚷，一阵阵袭来，直到命令发出为止。他们一递一个地跑着喊着,将命令传给厨房里佣人;便立刻抢着回来搬凳子。于是这个说:"我坐这儿!"那个说:"大哥不让我!"大哥却说:"小妹打我!"我给他们调解,说好话。但是他们有时候很固执,我有时候也不耐烦,这便用着叱责了,叱责还不行,不由自主地,我的沉重的手掌便到他们身上了。

于是哭的哭,坐的坐,局面才算定了。接着可又你要大碗,他要小碗,你说红筷子好,他说黑筷子好;这个要干饭,那个要稀饭,要茶要汤,要鱼要肉,要豆腐,要萝卜;你说他菜多,他说你菜好。妻是照例安慰着他们,但这显然是太迂缓了。我是个暴躁的人,怎么等得及?不用说,用老法子将他们立刻征服了;虽然有哭的,不久也就抹着泪捧起碗了。吃完了,纷纷爬下凳子,桌上是饭粒呀,汤汁呀,骨头呀,渣滓呀,加上纵横的筷子,欹斜的匙子,就如一块花花绿绿的地图模型。

吃饭而外,他们的大事便是游戏。游戏时,大的有大主意,小的有小主意,各自坚持不下,于是争执起来;或者大的欺负了小的,或者小的欺负了大的,被欺负的哭着嚷着,到我或妻的面前诉苦。我大抵仍旧要用老法子来判断的,但不理的时候也有。最为难的,是争夺玩具的时候,这一个的与那一个的是同样的东西,却偏要那一个的;而那一个便偏不答应。在这种情形之下,不论如何,终于是非哭了不可的。这些事件自然不至于天天全有,但大致总有好些起。

我若坐在家里看书或写什么东西,管保一点钟里要分几回心,或站起来一两次的。若是雨天或礼拜日,孩子们在家的多,那么,摊开书竟看不下一行,提起笔也写不出一个字的事,也有过的。我常和妻说,"我们家真是成日的千军万马呀!"有时是不但"成日",连夜里也有兵马在进行着,在有吃乳或生病的孩子的时候!

我结婚那一年，才十九岁。二十一岁，有了阿九；二十三岁，又有了阿菜。那时我正像一匹野马，那能容忍这些累赘的鞍鞯、辔头和缰绳？摆脱也知是不行的，但不自觉地时时在摆脱着。现在回想起来，那些日子，真苦了这两个孩子；真是难以宽宥的种种暴行呢！

阿九才两岁半的样子，我们住在杭州的学校里。不知怎的，这孩子特别爱哭，又特别怕生人。一不见了母亲，或来了客，就哇哇地哭起来了。学校里住着许多人，我不能让他扰着他们，而客人也总是常有的。我懊恼极了，有一回，特地骗出了妻，关了门，将他按在地下打了一顿。这件事，妻到现在说起来，还觉得有些不忍。她说我的手太辣了，到底还是两岁半的孩子！我近年常想着那时的光景，也觉黯然。

知识速递：

叱责：偏重于大声呵斥，强调声音大。

鞍鞯 (ān jiān)：马鞍子和马鞍子下的垫子。

辔 (pèi) 头：为了驾驭马、牛等牲口而套在其颈上的器具，一般由嚼子和缰绳组成。

宽宥 (yòu)：宽恕，饶恕。

黯然：指情绪低落、心情沮丧的样子。

阿菜在台州，那是更小了；才过了周岁，还不大会走路。也是为了缠着母亲的缘故吧，我将她紧紧地按在墙角里，直哭喊了三四分钟，因此生了好几天病。妻说，那时真寒心呢！但我的苦痛也是真的。

我曾给圣陶写信，说孩子们的磨折，实在无法奈何，有时竟觉着还是自杀的好。这虽是气愤的话，但这样的心情，确也有过的。后来孩子是多起来了，磨折也磨折得久了，少年的锋棱渐渐地钝起来了，加以增长的年岁增长了理性的裁制力，我能够忍耐了。觉得从前真是个"不成材的父亲"，如我给另一个朋友信里所说。但我的孩子们在幼小时，确比别人的特别不安静，我至今还觉如此。我想这大约还是由于我们抚育不得法。从前只一味地责备孩子，让他们代我们负起责任，却未免是可耻的残酷了！

正面意义的"幸福"，其实也未尝没有。正如谁所说，小的总是可爱，孩子们的小模样，小心眼儿，确有些教人舍不得的。阿毛现在五个月了，你用手指去拨弄她的下巴，或向她做趣脸，她便会张开没牙的嘴格格地笑，笑得像一朵正开的花。她不愿在屋里待着，待久了，便大声儿嚷。妻常说："姑娘又要出去溜达了。"她说她像鸟儿般，每天总得到外面溜一些时候。

闰儿上个月刚过了三岁，笨得很，话还没有学好呢。他只能说三四个字的短语或句子，文法错误，发音模糊，又得费气力说出，我们老是要笑他的。他说"好"字，总变成"小"字；问他"好不好？"他便说"小"，或"不小"。我们常常逗着他说这个字玩儿，他似乎有些觉得，近来偶

然也能说出正确的"好"字了——特别在我们故意说成"小"字的时候。

他有一只搪瓷碗，是一毛钱买的；买来时，老妈子教给他，"这是一毛钱。"他便记住"一毛"两个字，管那只碗叫"一毛"，有时竟省称为"毛"。这在新来的老妈子，是必需翻译了才懂的。他不好意思，或见着生客时，便咧着嘴痴笑。我们常用了土话，叫他做"呆瓜"。他是个小胖子，短短的腿，走起路来蹒跚可笑；若快走或跑，便更"好看"了。他有时学我，将两手叠在背后，一摇一摆的，那是他自己和我们都要乐的。

他的大姊便是阿菜，已是七岁多了，在小学里念着书。在饭桌上，一定得啰啰唆唆地报告些同学或他们父母的事情；气喘喘地说着，不管你爱听不爱听。说完了总问我："爸爸认识么？""爸爸知道么？"妻常禁止她吃饭时说话，所以她总是问我。她的问题真多：看电影便问电影里的是不是人？是不是真人？怎么不说话？看照相也是一样。不知谁告诉她，兵是要打人的。她回来便问，兵是人么？为什么打人？近来大约听了先生的话，回来又问张作霖的兵是帮谁的？蒋介石的兵是不是帮我们的？诸如此类的问题，每天短不了，常常闹得我不知怎样答才行。

她和闰儿在一处玩儿，一大一小，不很合式，老是吵着哭着。但合式的时候也有：譬如这个往这个床底下躲，那个便钻进去追着；这个钻出来，那个也跟着——这个床到那个床，听见笑着，嚷着，喘着，真如妻所说，像小狗似的。现在在京的，便只有这三个孩子；阿九和转儿是去年北来时，让母亲暂带回扬州去了。

阿九是欢喜书的孩子。他爱看《水浒》《西游记》《三侠五义》《小朋友》等，没有事便捧着书坐着或躺着看。只不欢喜《红楼梦》，说是没有味儿。是的，《红楼梦》的味儿，一个十岁的孩子，那里能领略呢？

去年我们事实上只能带两个孩子来，因为他大些，而转儿是一直跟着祖母的，便在上海将他俩丢下。我清清楚楚记得那分别的一个早上。我领着阿九从二洋泾桥的旅馆出来，送他到母亲和转儿住着的亲戚家去。

妻嘱咐说：“买点吃的给他们吧。”我们走过四马路，到一家茶食铺里。阿九说要熏鱼，我给买了；又买了饼干，是给转儿的。便乘电车到海宁路。下车时，看着他的害怕与累赘，很觉恻然。到亲戚家，因为就要回旅馆收拾上船，只说了一两句话便出来；转儿望望我，没说什么，阿九是和祖母说什么去了。我回头看了他们一眼，硬着头皮走了。后来妻告诉我，阿九背地里向她说："我知道爸爸欢喜小妹，不带我上北京去。"其实这是冤枉的。他又曾和我们说："暑假时一定来接我啊！"我们当时答应着，但现在已是第二个暑假了，他们还在迢迢的扬州待着。

他们是恨着我们呢？还是惦着我们呢？妻是一年来老放不下这两个，常常独自暗中流泪。但我有什么法子呢！想到"只为家贫成聚散"一句无名的诗，不禁有些凄然。转儿与我较生疏些。但去年离开白马湖时，她也曾用了生硬的扬州话（那时她还没有到过扬州呢），和那特别尖的小嗓子向着我："我要到北京去。"她晓得什么北京，只跟着大孩子们说罢了，但当时听着，现在想着的我，却真是抱歉呢。这兄妹俩离开我，原是常事，离开母亲，虽也有过一回，这回可是太长了，小小的心儿，知道是怎样忍耐那寂寞来着！

我的朋友大概都是爱孩子的。少谷有一回写信责备我，说儿女的吵闹，也是很有趣的，何至可厌到如我所说；他说他真不解。子恺为他家华瞻写的文章，真是"蔼然仁者之言"。圣陶也常常为孩子操心：小学毕业了，到什么中学好呢？这样的话，他和我说过两三回了。我对他们只有惭愧！可是近来也渐渐觉得自己的责任。我想，第一该将孩子们团聚起来，其次便该给他们些力量。我亲眼见过一个爱儿女的人，因为不曾好好地教育他们，便将他们荒废了。他并不是溺爱，只是没有耐心去料理他们，他们便不能成材了。我想我若照现在这样下去，孩子们也便危险了。我得计划着，让他们渐渐知道怎样去做人才行。但是要不要他们像我自己呢？

知识速递：

恻然：哀怜的样子，悲伤的样子。

凄然：凄凉悲伤的样子。

蔼然：和气友善的样子。

这一层，我在白马湖教初中学生时，也曾从师生的立场上问过丏尊，他毫不踌躇地说："自然啰。"近来与平伯谈起教子，他却答得妙："总不希望比自己坏啰。"是的，只要不"比自己坏"就行，"像"不"像"倒是不在乎的。职业、人生观等，还是由他们自己去定的好。自己顶可贵，只要指导，帮助他们去发展自己，便是极贤明的办法。

予同说："我们得让子女在大学毕了业，才算尽了责任。"SK 说："不然，要看我们的经济，他们的材质与志愿。若是中学毕了业、不能或不愿升学，便去做别的事，譬如做工人吧，那也并非不行的。"

自然，人的好坏与成败，也不尽靠学校教育；说是非大学毕业不可，也许只是我们的偏见。在这件事上，我现在毫不能有一定的主意；特别是这个变动不居的时代，知道将来怎样？好在孩子们还小，将来的事且等将来吧。目前所能做的，只是培养他们基本的力量——胸襟与眼光；孩子们还是孩子们，自然说不上高的远的，慢慢从近处小处下手便了。这自然也只能先按照我自己的样子："神而明之，存乎其人。"光辉也罢，倒霉也罢，平凡也罢，让他们各尽各的力去。我只希望如我所想的，从此好好地做一回父亲，便自称心满意。想到那"狂人""救救孩子"的呼声，我怎敢不悚然自勉呢？

知识速递：

周予同（1898—1981 年）：原名周毓懋，学名周蘧，字豫同、予同，笔名天行，浙江瑞安人，是中国经学史领域的杰出专家和教育家。

田老师讲：

朱自清的《儿女》是一篇以叙事为主的散文，深情而细腻地勾勒了作者从青年到中年对待儿女态度的转变轨迹，从而映照出其个人情感的演变与对儿女责任认识的升华。文章并未采用华丽辞藻或过分夸张的手法，而是以平淡而真挚的笔触，轻轻描绘着日常生活中的琐事与细节，诸如儿女嬉戏的场景、围坐一桌的用餐时光等。朱自清正是通过对这些平凡生活的细致入微的刻画，传递出了一种深沉而持久的人文关怀与生活智慧。

开篇的简短叙述看似寻常，却如同琴弦轻拨，为全文的旋律奠定了基调，预示着后续情感的波澜起伏。随着情节的层层展开，读者能够深切感受到作者对儿女的深沉爱意以及对自身过往行为的深刻反思。朱自清在文中坦诚地展现了自己从初为人父的自私到逐渐承担起教育儿女重任的蜕变过程。这种转变不仅是个人成长的体现，更是对家庭责任与社会使命的深刻领悟。

在写作手法上，朱自清巧妙地避开了浮夸的修饰与刻意的渲染，选择了真实、质朴的语言，将生活的点滴细节娓娓道来。这种处理方式使得文章更加真挚动人，充满力量，令读者在阅读中产生共鸣。通过这些朴实无华的文字，朱自清成功地将读者引领至一个充满亲情的温馨世界，让人深刻感受到父母对儿女无私的爱与殷切的期望。

《儿女》这篇散文不仅展现了朱自清个人的情感历程，也深刻揭示了父母在孩子成长过程中所起到的无可替代的作用。它像一面镜子，映照出父母为儿女付出的艰辛与伟大，提醒我们珍视这份深沉的关爱，感激父母给予我们的支持。

我所见的叶圣陶

1930 年 7 月，北平清华园

　　我第一次与圣陶见面是在民国十年的秋天。那时刘延陵兄介绍我到吴淞炮台湾中国公学教书。到了那边，他就和我说："叶圣陶也在这儿。"我们都念过圣陶的小说，所以他这样告诉我。我好奇地问道："怎样一个人？"出乎我的意外，他回答我："一位老先生哩。"但是延陵和我去访问圣陶的时候，我觉得他的年纪并不老，只那朴实的服色和沉默的风度与我们平日所想象的苏州少年文人叶圣陶不甚符合罢了。

　　记得见面的那一天是一个阴天。我见了生人照例说不出话；圣陶似乎也如此。我们只谈了几句关于作品的泛泛的意见，便告辞了。延陵告诉我每星期六圣陶总回甪直去；他很爱他的家。他在校时常邀延陵出去散步。我因与他不熟，只独自坐在屋里。不久，中国公学忽然起了风潮。我向延陵说起一个强硬的办法，实在是一个笨而无聊的办法！——我说只怕叶圣陶未必赞成。但是出乎我的意外，他居然赞成了！

后来细想他许是有意优容我们吧，这真是老大哥的态度呢。我们的办法天然是失败了，风潮延宕下去；于是大家都住到上海来。我和圣陶差不多天天见面；同时又认识了西谛、予同诸兄。这样经过了一个月。这一个月实在是我的很好的日子。

> **知识速递：**
>
> 圣陶（1894—1988年）：即叶圣陶，原名叶绍钧，字秉臣，笔名叶陶、圣陶等，是中国现代文坛上一位杰出的文学家、教育家、编辑家、文学出版家和社会活动家。
>
> 甪(lù)直：隶属江苏省苏州市吴中区，是一座具有2500多年历史的江南水乡古镇，被誉为"神州水乡第一镇"。

我看出圣陶始终是个寡言的人。大家聚谈的时候，他总是坐在那里听着。他却并不是喜欢孤独，他似乎老是那么有味地听着。至于与人独对的时候，自然多少要说些话；但辩论是不来的。他觉得辩论要开始了，往往微笑着说："这个弄不大清楚了。"这样就过去了。

他又是个极和易的人，轻易看不见他的怒色。他辛辛苦苦保存着的《晨报》副张，上面有他自己的文字的，特地从家里捎来给我看。让我随便放在一个书架上，给散失了。当他和我同时发见这件事时，他只略露惋惜的颜色，随即说："由他去末哉，由他去末哉！"我是至今惭愧着，因为我知道他作文是不留稿的。他的和易出于天性，并非阅历世故，

矫揉造作而成。他对于世间妥协的精神是极厌恨的。在这一月中，我看见他发过一次怒——始终我只看见他发过这一次怒——那便是对于风潮的妥协论者的蔑视。

> **知识速递：**
>
> 和易：温和平静；温和平易。
>
> 矫揉造作：比喻不自然地故意做作。

风潮结束了，我到杭州教书。那边学校当局要我约圣陶去。圣陶来信说："我们要痛痛快快游西湖，不管这是冬天。"他来了，教我上车站去接。我知道他到了车站这一类地方，是会觉得寂寞的。他的家实在太好了，他的衣着，一向都是家里管。我常想，他好像一个小孩子；像小孩子的天真，也像小孩子的离不开家里人。

必须离开家里人时，他也得找些熟朋友伴着；孤独在他简直是有些可怕的。所以他到校时，本来是独住一屋的，却愿意将那间屋做我们两人的卧室，而将我那间做书室。这样可以常常相伴；我自然也乐意，我们不时到西湖边去；有时下湖，有时只喝喝酒。在校时各据一桌，我只预备功课，他却老是写小说和童话。初到时，学校当局来看过他。第二天，我问他，"要不要去看看他们？"他皱眉道："一定要去么？等一天吧。"后来始终没有去。他是最反对形式主义的。

那时他小说的材料，是旧日的储积；童话的材料有时却是片刻的感兴。如《稻草人》中《大喉咙》一篇便是。那天早上，我们都醒在床上，听见工厂的汽笛；他便说："今天又有一篇了，我已经想好了，来的真快呵。"那篇的艺术很巧，谁想他只是片刻的构思呢！他写文字时，往往拈笔伸纸，便手不停挥地写下去，开始及中间，停笔踌躇时绝少。

他的稿子极清楚，每页至多只有三五个涂改的字。他说他从来是这样的。每篇写毕，我自然先睹为快；他往往称述结尾的适宜，他说对于结尾是有些把握的。看完，他立即封寄《小说月报》；照例用平信寄。我总劝他挂号，但他说："我老是这样的。"他在杭州不过两个月，写的真不少，教人羡慕不已。《火灾》里从《饭》起到《风潮》这七篇，还有《稻草人》中一部分，都是那时我亲眼看他写的。

在杭州待了两个月，放寒假前，他便匆匆地回去了；他实在离不开家，临去时让我告诉学校当局，无论如何不回来了。但他却到北平住了半年，也是朋友拉去的。我前些日子偶翻十一年的《晨报副刊》，看见他那时途中思家的小诗，重念了两遍，觉得怪有意思。北平回去不久，便入了商务印书馆编译部，家也搬到上海。从此在上海待下去，直到现在。中间又被朋友拉到福州一次，有一篇《将离》抒写那回的别恨，是缠绵悱恻的文字。这些日子，我在浙江乱跑，有时到上海小住，他常请了假和我各处玩儿或喝酒。有一回，我便住

在他家，但我到上海，总爱出门，因此他老说没有能畅谈；他写信给我，老说这回来要畅谈几天才行。

十六年一月，我接眷北来，路过上海，许多熟朋友和我饯行，圣陶也在。那晚我们痛快地喝酒，发议论；他是照例地默着。酒喝完了，又去乱走，他也跟着。到了一处，朋友们和他开了个小玩笑；他脸上略露窘意，但仍微笑地默着。

圣陶不是个浪漫的人；在一种意义上，他正是延陵所说的"老先生"。但他能了解别人，能谅解别人，他自己也能"作达"，所以仍然——也许格外——是可亲的。那晚快夜半了，走过爱多亚路，他向我诵周美成的词，"酒已都醒，如何消夜永！"我没有说什么；那时的心情，大约也不能说什么的。我们到一品香又消磨了半夜。这一回特别对不起圣陶；他是不能少睡觉的人。他家虽住在上海，而起居还依着乡居的日子；早七点起，晚九点睡。有一回我九点十分去，他家已熄了灯，关好门了。这种自然的，有秩序的生活是对的。那晚上伯祥说："圣兄明天要不舒服了。"想起来真是不知要怎样感谢才好。

第二天我便上船走了，一眨眼三年半，没有上南方去。信也很少，却全是我的懒。我只能从圣陶的小说里看出他心境的迁变；这个我要留在另一文中说。圣陶这几年里似乎到十字街头走过一趟，但现在怎么样呢？我却不甚了然。他从前晚饭时总喝点酒，"以半醺为度"；近来不大能喝酒了，却学了吹笛——前些日子说已会一出《八阳》，现在该又会了别的了吧。他本来喜欢看看电影，现在又喜欢听听昆曲了。但这些都不是"厌世"，如或人所说的；圣陶是不会厌世的，我知道。又，他虽会喝酒，加上吹笛，却不曾抽什么"上等的纸烟"，也不曾住过什么"小小别墅"，如或人所想的，这个我也知道。

田老师讲：

我国的小朋友们都读过叶圣陶先生那富有童趣的童话与故事，他笔下的每一个角色都生动而有趣，让人难以忘怀。于是，人们不禁好奇，这位创作出如此精彩作品的叶圣陶先生，究竟是个怎样的人呢？他又是如何孕育出这些令人陶醉的故事的呢？

散文家朱自清在《我所见的叶圣陶》一文中，为我们细致描绘了他眼中的叶圣陶先生。他笔下呈现出的，是一位既喜欢宁静又害怕孤独，既平易近人又刚直不阿，文思敏捷且热爱创作，重情重义的一代文学大师。这位大师的形象鲜活生动，仿佛就在我们身边，充满了生活的气息与温度。

朱自清先生通过侧面描写、正面描写、对比、议论、叙述等多种手法，将叶圣陶先生的形象栩栩如生地展现在读者眼前。

从初识到分别，作者与叶圣陶先生的交往逐渐深入。他根据不同的交往阶段，选取叶圣陶先生不同的特点进行描述。如初次交往时，作者被叶圣陶先生的沉默寡言、平易近人的性格所吸引；而后与叶圣陶先生共同生活，则对其创作时的敏捷与多产印象深刻。作者通过多角度的选材，成功塑造了一个立体、丰满的叶圣陶形象，让人难以忘怀。

在写作过程中，朱自清先生主要采用了叙述的表达方式，偶尔穿插议论，以平实质朴的语言，多角度、鲜活地刻画了叶圣陶先生的形象。其中，作者对典型事例的选取尤为出色。例如，"他觉得辩论要开始了，往往微笑着说：'这个弄不大清楚了。'这样就过去了。"这一简单的事例，却有力地展现了叶圣陶先生沉默内敛的气质。此外，作者还巧妙地运用了"叙议结合"的表达技巧，将叙述与议论相结合，既展现了事情的发展过程，又表达了自己的观点，从而更加生动地展现了人物形象。

整篇文章质朴洗练，人物形象鲜活，朱自清先生对叶圣陶先生的情感也显得深沉而真挚。读罢此文，我们不仅对叶圣陶先生有了更为深刻的认识，也对朱自清先生的文学才华与人文关怀有了更深的敬意。

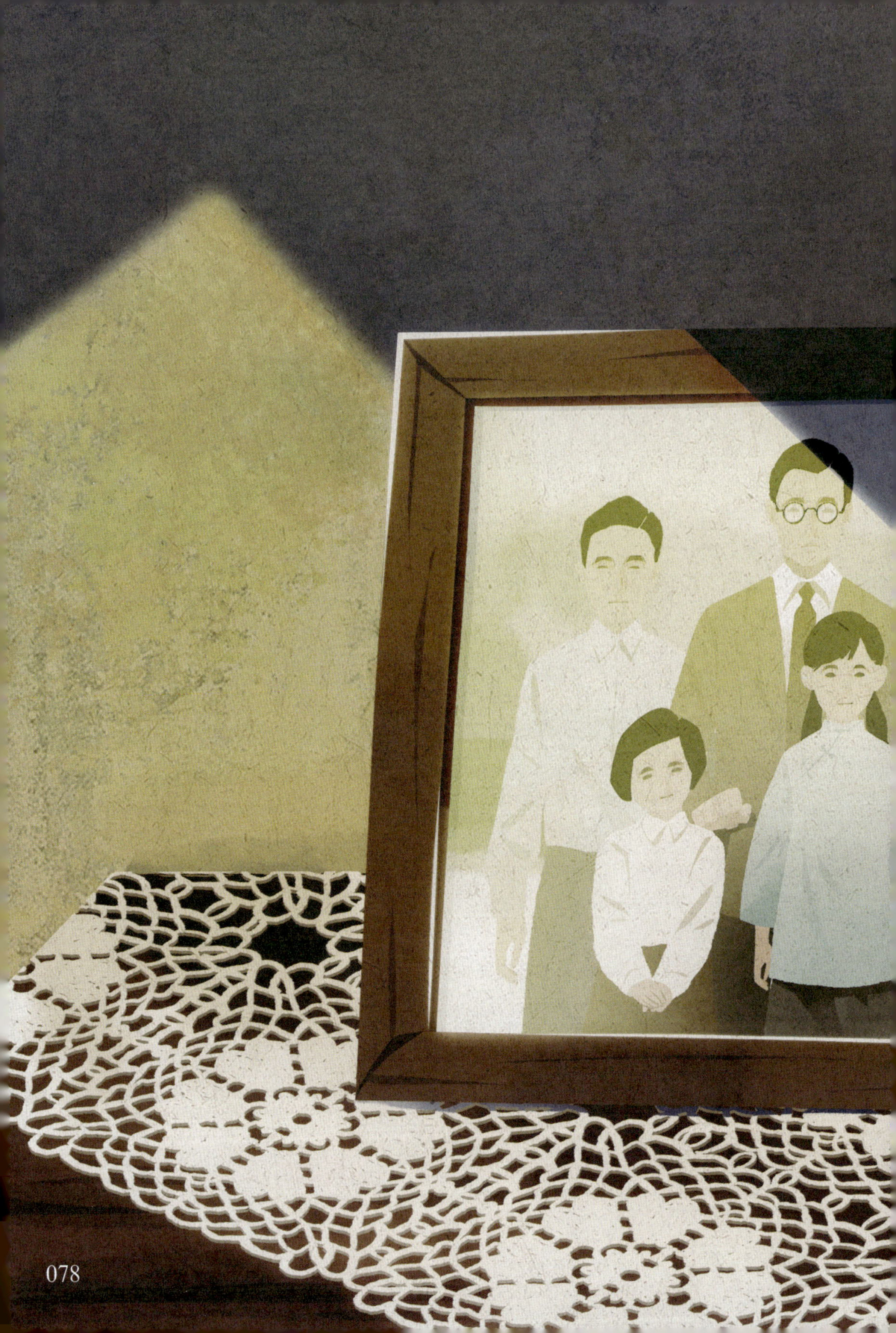

079

给亡妇

1932 年 10 月 11 日作

原载 1933 年 1 月 1 日《东方杂志》第 30 卷第 1 号

谦，日子真快，一眨眼你已经死了三个年头了。这三年里世事不知变化了多少回，但你未必注意这些个，我知道。你第一惦记的是你几个孩子，第二便轮着我。孩子和我平分你的世界，你在日如此；你死后若还有知，想来还如此的。

知识速递：

谦：指朱自清的结发之妻，她是扬州名医武威三的独生女儿，与朱自清同庚，14 岁那年就与朱自清订了婚。19 岁那年的冬天两人完婚。

告诉你，我夏天回家来着：迈儿长得结实极了，比我高一个头。闰儿父亲说是最乖，可是没有先前胖了。采芷和转子都好。五儿全家夸她长得好看；却在腿上生了湿疮，整天坐在竹床上不能下来，看了怪可怜的。六儿，我怎么说好，你明白，你临终时也和母亲谈过，这孩子是只可以养着玩儿的，他左挨右挨去年春天，到底没有挨过去。这孩子生了几个月，你的肺病就重起来了。我劝你少亲近他，只监督着老妈子照管就行。你总是忍不住，一会儿提，一会儿抱的。可是你病中为他操的那一份儿心也够瞧的。

那一个夏天他病的时候多，你成天儿忙着，汤呀，药呀，冷呀，暖呀，连觉也没有好好儿睡过。哪里有一分一毫想着你自己。瞧着他硬朗点儿你就乐，干枯的笑容在黄蜡般的脸上，我只有暗中叹气而已。

从来想不到做母亲的要像你这样。从迈儿起，你总是自己喂乳，一连四个都这样。你起初不知道按钟点儿喂，后来知道了，却又弄不惯；孩子们每夜里几次将你哭醒了，特别是闷热的夏季。我瞧你的觉老没睡足。白天里还得做菜，照料孩子，很少得空儿。你的身子本来坏，四个孩子就累你七八年。到了第五个，你自己实在不成了，又没乳，只好自己喂奶粉，另雇老妈子专管她。但孩子跟老妈子睡，你就没有放过心；夜里一听见哭，就竖起耳朵听，工夫一大就得过去看。

十六年初，和你到北京来，将迈儿、转子留在家里；三年多还不能去接他们，可真把你惦记苦了。你并不常提，我却明白。你后来说你的病就是惦记出来的，那个自然也有份儿，不过大半还是养育孩子累的。

你的短短的十二年结婚生活，有十一年耗费在孩子们身上，而你一点不厌倦，有多少力量用多少，一直到自己毁灭为止。你对孩子一般儿爱，不问男的女的，大的小的。也不想到什么"养儿防老，积谷防饥"，只拼命的爱去。你对于教育老实说有些外行，孩子们只要吃得好玩得好就成了。这也难怪你，你自己便是这样长大的。况且孩子们原都还小，吃和玩本来也要紧的。

你病重的时候最放不下的还是孩子。病的只剩皮包着骨头了，总不信自己不会好，老说："我死了，这一大群孩子可苦了。"后来说送你回家，你想着可以看见迈儿和转子，也愿意，你万不想到会一走不返的。我送车的时候，你忍不住哭了，说："还不知能不能再见？"可怜，你的心我知道，你满想着好好儿带着六个孩子回来见我的。谦，你那时一定这样想，一定的。

除了孩子，你心里只有我。不错，那时你父亲还在，可是你母亲死了，他另有个女人，你老早就觉得隔了一层似的。出嫁后第一年你虽还一心一意依恋着他老人家，到第二年上我和孩子可就将你的心占住，你再没有多少工夫惦记他了。你还记得第一年我在北京，你在家里。家里来信说你待不住，常回娘家去。我动气了，马上写信责备你。你教人写了一封复信，说家里有事，不能不回去。这是你第一次也可以说第末次的抗议，我从此就没给你写信。暑假时带了一肚子主意回去，但见了面，看你一脸笑，也就拉倒了。

打这时候起，你渐渐从你父亲的怀里跑到我这儿。你换了金镯子帮助我的学费，叫我以后还你。但直到你死，我没有还你。你在我家受了许多气，又因为我家的缘故受你家里的气，你都忍着。这全为的是我，我知道。那回我从家乡一个中学半途辞职出走。家里人讽你也走。哪里走！只得硬着头皮往你家去。那时你家像个冰窖子，你们在窖里足足住了三个月。好容易我才将你们领出来了，一同上外省去。小家庭这样组织起来了。

你虽不是什么阔小姐，可也是自小娇生惯养的，做起主妇来，什么都得干一两手；你居然做下去了，而且高高兴兴地做下去了。菜照例满是你做，可是吃的都是我们，你至多夹上两三筷子就算了。你的菜做得不坏，有一位老在行大大地夸奖过你。你洗衣服也不错，夏天我的绸大褂大概总是你亲自动手。你在家老不乐意闲着，坐前几个"月子"，老是四五天就起床，说是躺着家里事没条没理的。其实你起来也还不是没条理；咱们家那么多孩子，哪儿来条理？

在浙江住的时候，逃过两回兵难，我都在北平。真亏你领着母亲和一群孩子东藏西躲的；末一回还要走多少里路，翻一道大岭。这两回差不多只靠你一个人。你不但带了母亲和孩子们，还带了我一箱箱的书；你知道我是最爱书的。在短短的十二年里，你操的心比人家一辈子还多；谦，你那样身子怎么经得住！你将我的责任一股脑儿担负了去，压死了你；我如何对得起你！

你为我的劳什子书也费了不少神；第一回让你父亲的男佣人从家乡捎到上海去。他说了几句闲话，你气得在你父亲面前哭了。第二回是带着逃难，别人都说你傻子。你有你的想头："没有书怎么教书？况且他又爱这个玩意儿。"其实你没有晓得，那些书丢了也并不可惜；不过教你怎么晓得，我平常从来没和你谈过这些个！总而言之，你的心是可感谢的。这十二年里你为我吃的苦真不少，可是没有过几天好日子。我们在一起住，算来也还不到五个年头。无论日子怎么坏，无论是离是合，你从来没对我发过脾气，连一句怨言也没有。——别说怨我，就是怨命也没有过。

老实说，我的脾气可不大好，迁怒的事儿有的是。那些时候你往往抽噎着流眼泪，从不回嘴，也不号啕。不过我也只信得过你一个人，有些话我只和你一个人说，因为世界上只你一个人真关心我，真同情我。你不但为我吃苦，更为我分苦；我之有我现在的精神，大半是你给我培养着的。这些年来我很少生病。但我最不耐烦生病，生了病就呻吟不绝，闹那伺候病的人。你是领教过一回的，那回只一两点钟，可是也够麻烦了。你常生病，却总不开口，挣扎着起来；一来怕搅我，二来怕没人做你那份儿事。

我有一个坏脾气，怕听人生病，也是真的。后来你天天发烧，自己还以为南方带来的疟疾，一直瞒着我。明明躺着，听见我的脚步，一骨碌就坐起来。我渐渐有些奇怪，让大夫一瞧，这可糟了，你的一个肺已烂了一个大窟窿了！大夫劝你到西山去静养，你丢不下孩子，又舍不得钱；劝你在家里躺着，你也丢不下那份儿家务。越看越不行了，这才送你回去。明知凶多吉少，想不到只一个月工夫你就完了！本来盼望还见得着你，这一来可拉倒了。你也何尝想到这个？父亲告诉我，你回家独住着一所小住宅，还嫌没有客厅，怕我回去不便哪。

前年夏天回家，上你坟上去了。你睡在祖父母的下首，想来还不孤单的。只是当年祖父母的坟太小了，你正睡在圹底下。这叫做"抗圹"，在生人看来是不安心的；等着想办法哪。那时圹上圹下密密地长着青

草，朝露浸湿了我的布鞋。你刚埋了半年多，只有圹下多出一块土，别的全然看不出新坟的样子。我和隐今夏回去，本想到你的坟上来；因为她病了没来成。我们想告诉你，五个孩子都好，我们一定尽心教养他们，让他们对得起死了的母亲——你！谦，好好儿放心安睡吧，你。

> **知识速递：**
>
> 圹 (kuàng)：本义指墓穴。
>
> 隐：指陈竹隐，朱自清的第二任妻子。1932 年 8 月，与朱自清在上海结婚。

田老师讲：

朱自清的《给亡妇》是一篇深情款款的散文，字里行间都流淌着作者对亡妻武钟谦的思念与愧疚。他通过细致入微的回忆，描绘了亡妻生前含辛茹苦、任劳任怨的生活点滴，使得一个默默付出、无私奉献的妻子形象跃然纸上。

整篇文章如同涓涓细流，汇成一股感人至深的情感洪流。作者用朴实无华的语言，讲述了亡妻生前对家庭的默默付出，对儿女的无微不至的关爱，以及对丈夫的深情厚意。这些看似琐碎的小事，却充满了真挚的情感，让人不禁为之动容。

悼亡之作自古不乏，但《给亡妇》却以其真挚的情感和细腻的笔触，成为其中的翘楚。作者没有采用捶胸顿足或呼天抢地的写法，而是深情地细诉着亡妻生前的一切，让读者在平静中感受到强烈的情感震撼。

作者通过亡妻对家庭的无私奉献，展现了她的伟大母性和对丈夫的深情厚意。她不仅对孩子们一视同仁，倾注了全部的爱，而且在病重之际仍然牵挂着家人的安危。这种无私的奉献和深沉的爱意，让人感受到了母爱的伟大和真情的可贵。

更令人动容的是，作者在文章中并没有过多地表现自己对亡妻的思念，而是通过亡妻对"我"的牵挂和不舍，反衬出作者对亡妻的深深愧疚。这种反弹琵琶、对面落笔的写法，使得文章在情感上超越了生与死的界限，展现出一种超越时空的真挚情感。

《给亡妇》不仅是一篇悼念亡妻的散文，更是一部展现人性光辉和情感力量的杰作。它让我们看到了母爱的伟大、真情的可贵以及人性中最美好的一面。读罢此文，我们不禁为之动容，为之感叹，也为之深思。

《给亡妇》这篇文学作品，其卓越之处不仅在于深刻表达了作者的个人情感，更在于其背后所蕴含的丰富文化内涵。通过细致入微的家庭生活描写，文章生动地展现了当时的社会风貌及家庭伦理观念。同时，它也凸显了中国传统文化中对家庭、亲情和责任的高度重视与强调。深入解读这种文化内涵，有助于我们更加全面地理解作品的价值与意义，从而更好地领略其文学魅力。

088

089

春

1933 年 7 月版

原载朱文叔编《初中语文读本》第 1 册

　　盼望着，盼望着，东风来了，春天的脚步近了。

　　一切都像刚睡醒的样子，欣欣然张开了眼。山朗润起来了，水涨起来了，太阳的脸红起来了。

　　小草偷偷地从土里钻出来，嫩嫩的，绿绿的。园子里，田野里，瞧去，一大片一大片满是的。坐着，躺着，打两个滚，踢几脚球，赛几趟跑，捉几回迷藏。风轻悄悄的，草绵软软的。

　　桃树、杏树、梨树，你不让我，我不让你，都开满了花赶趟儿。红的像火，粉的像霞，白的像雪。花里带着甜味，闭了眼，树上仿佛已经满是桃儿、杏儿、梨儿！花下成千成百的蜜蜂嗡嗡地闹着，大小的蝴蝶飞来飞去。野花遍地是：杂样儿，有名字的，没名字的，散在草丛里，像眼睛，像星星，还眨呀眨的。

"吹面不寒杨柳风",不错的,像母亲的手抚摸着你。风里带来些新翻的泥土的气息,混着青草味,还有各种花的香,都在微微润湿的空气里酝酿。鸟儿将窠巢安在繁花嫩叶当中,高兴起来了,呼朋引伴地卖弄清脆的喉咙,唱出宛转的曲子,与轻风流水应和着。牛背上牧童的短笛,这时候也成天在嘹亮地响。

雨是最寻常的,一下就是三两天,可别恼。看,像牛毛,像花针,像细丝,密密地斜织着,人家屋顶上全笼着一层薄烟。树叶子却绿得发亮,小草也青得逼你的眼。傍晚时候,上灯了,一点点黄晕的光,烘托出一片安静而和平的夜。乡下去,小路上,石桥边,撑起伞慢慢走着的人;还有地里工作的农夫,披着蓑,戴着笠的。他们的草屋,稀稀疏疏的在雨里静默着。

天上风筝渐渐多了,地上孩子也多了。城里乡下,家家户户,老老小小,他们也赶趟儿似的,一个个都出来了。舒活舒活筋骨,抖擞抖擞精神,各做各的一份事去。"一年之计在于春";刚起头儿,有的是工夫,有的是希望。

春天像刚落地的娃娃,从头到脚都是新的,它生长着。

春天像小姑娘,花枝招展的,笑着,走着。

春天像健壮的青年,有铁一般的胳膊和腰脚,他领着我们上前去。

田老师讲：

《春》作为朱自清的杰出之作，无疑具有极高的文学价值。它不仅彰显了作者卓越的文学才华和敏锐的观察力，更通过细腻的春天描绘，深刻表达了对生命与希望的独特思考。这篇散文在中国文学史上占据着举足轻重的地位，为后世的文学创作提供了宝贵的经验与启示。

《春》于1933年7月首次亮相，自此之后，它便长期成为中国中学语文教材中的经典之选。全文虽仅有七百余字，却分为十个自然段，巧妙划分为三个层次。首段，作者倾诉着对春天的热切期盼与喜悦之情；随后几段，则通过细腻的笔触，生动地描绘了春天的各种景致；最后几段，则是对春天的颂扬与赞美，情感真挚而深沉。

朱自清的《春》以其清新脱俗、优美动人的风格著称于世。作者运用生动形象的描绘和细腻入微的感受，将春天的美景与活力展现得淋漓尽致。全文流畅自然，宛如一幅充满诗情画意的画卷，充分展现了朱自清散文的独特魅力。文章以诗意的笔触，深入捕捉春天的特质，用热情洋溢的情感、清新明丽的色彩，通过层次分明的描绘，勾勒出一幅生机盎然的春天景象。它歌唱春天的创造力，赞美春天的无限希望，传递出作者内心深处蓬勃向上、奋发创新的真挚情感。

这篇"春的赞歌"中，不仅蕴含着作家在特定时期的思想情感和人生追求，更展现了他骨子里的传统文化积淀和对自由境界的向往。它描绘、赞美了一个充满生机与活力的春天，但更深层次上，它是朱自清心灵世界的一种真实写照。

《春》自问世以来，在社会上产生了深远的影响。它激发了人们对美好生活的向往与追求，为文学创作提供了新的视角与灵感。这篇散文启示我们珍惜生命中的每一个春天，勇敢面对生活的挑战与困难，以积极向上的态度迎接未来的美好。

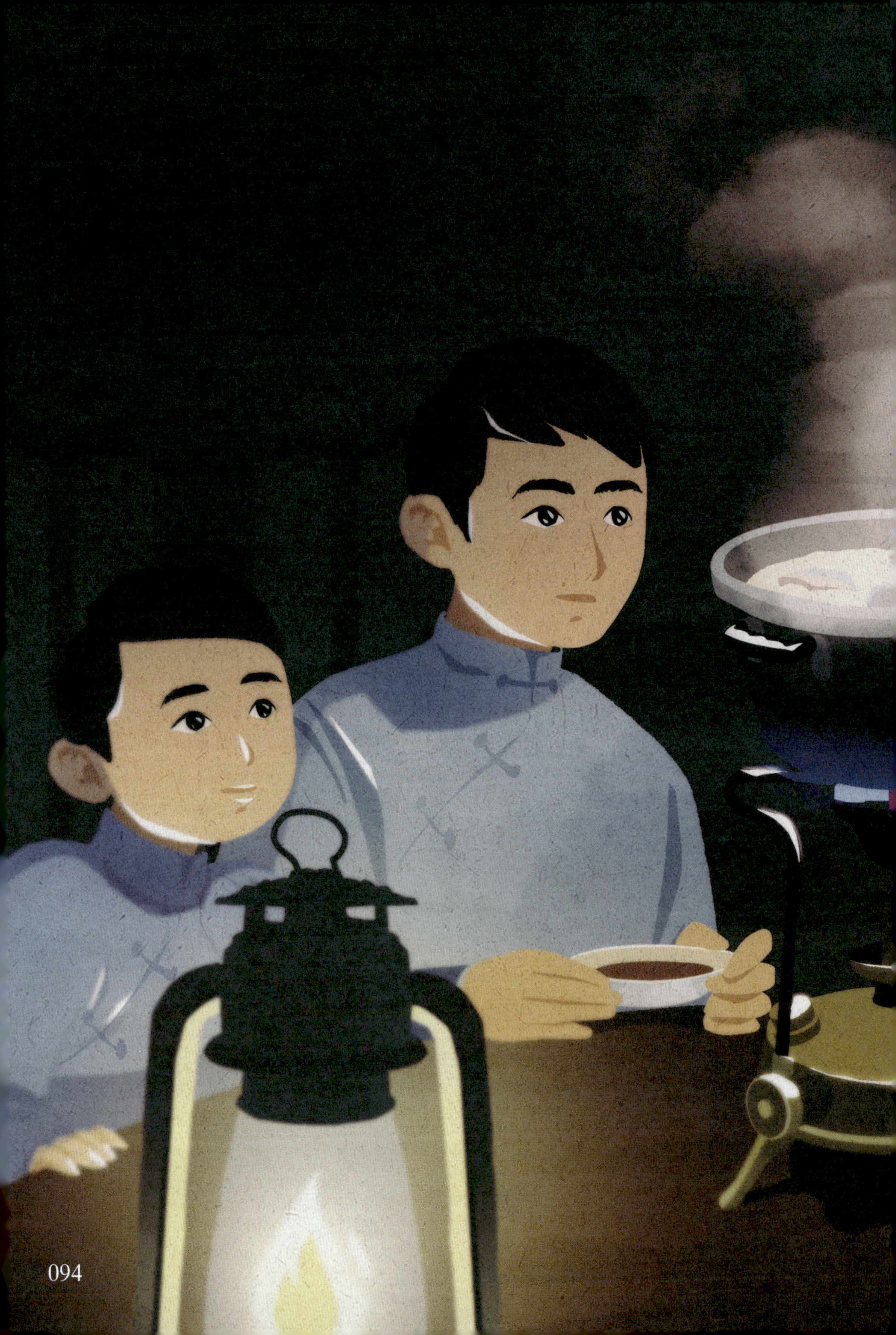

095

冬天

原载 1933 年 12 月 1 日《中学生》第 40 号

说起冬天，忽然想到豆腐。是一"小洋锅"（铝锅）白煮豆腐，热腾腾的。水滚着，像好些鱼眼睛，一小块一小块豆腐养在里面，嫩而滑，仿佛反穿的白狐大衣。锅在"洋炉子"（煤油不打气炉）上，和炉子都熏得乌黑乌黑，越显出豆腐的白。

这是晚上，屋子老了，虽点着"洋灯"，也还是阴暗。围着桌子坐的是父亲跟我们哥儿三个。"洋炉子"太高了，父亲得常常站起来，微微地仰着脸，觑着眼睛，从氤氲的热气里伸进筷子，夹起豆腐，一一地放在我们的酱油碟里。我们有时也自己动手，但炉子实在太高了，总还是坐享其成的多。这并不是吃饭，只是玩儿。父亲说晚上冷，吃了大家暖和些。我们都喜欢这种白水豆腐；一上桌就眼巴巴望着那锅，等着那热气，等着热气里从父亲筷子上掉下来的豆腐。

又是冬天，记得是阴历十一月十六晚上，跟 S 君 P 君在西湖里坐小划子。S 君刚到杭州教书，事先来信说："我们要游西湖，不管它是冬天。"

那晚月色真好，现在想起来还像照在身上。本来前一晚是"月当头"；也许十一月的月亮真有些特别吧。那时九点多了，湖上似乎只有我们一只划子。有点风，月光照着软软的水波；当间那一溜儿反光，像新砑的银子。湖上的山只剩了淡淡的影子。山下偶尔有一两星灯火。S君口占两句诗道："数星灯火认渔村，淡墨轻描远黛痕。"我们都不大说话，只有均匀的桨声。

我渐渐地快睡着了。P君"喂"了一下，才抬起眼皮，看见他在微笑。船夫问要不要上净寺去；是阿弥陀佛生日，那边蛮热闹的。到了寺里，殿上灯烛辉煌，满是佛婆念佛的声音，好像醒了一场梦。这已是十多年前的事了。S君还常常通着信，P君听说转变了好几次，前年是在一个特税局里收特税了，以后便没有消息。

知识速递：

觑 (qù)：本义指窥视，偷偷地看。

氤氲 (yīn yūn)：指湿热飘荡的云气，烟云弥漫的样子。

砑 (yà)：碾压。砑光，用卵形或弧形的石块碾压或摩擦皮革、布帛等使紧密而光亮。

阿弥陀佛生日：指农历十一月十七日。

佛婆：尼姑庵中的老年女仆。

在台州过了一个冬天，一家四口子。台州是个山城，可以说在一个大谷里。只有一条二里长的大街。别的路上白天简直不大见人；晚上一片漆黑。偶尔人家窗户里透出一点灯光，还有走路的拿着的火把；但那是少极了。我们住在山脚下。有的是山上松林里的风声，跟天上一只两只的鸟影。夏末到那里，春初便走，却好像老在过着冬天似的；可是即便真冬天也并不冷。

我们住在楼上，书房临着大路；路上有人说话，可以清清楚楚地听见。但因为走路的人太少了，间或有点说话的声音，听起来还只当远风送来的，想不到就在窗外。我们是外路人，除上学校去之外，常只在家里坐着。妻也惯了那寂寞，只和我们爷儿们守着。外边虽老是冬天，家里却老是春天。有一回我上街去，回来的时候，楼下厨房的大方窗开着，并排地挨着她们母子三个；三张脸都带着天真微笑地向着我。似乎台州空空的，只有我们四人；天地空空的，也只有我们四人。那时是民国十年，妻刚从家里出来，满自在。现在她死了快四年了，我却还老记着她那微笑的影子。

无论怎么冷，大风大雪，想到这些，我心上总是温暖的。

田老师讲：

提及冬天，多数人脑海中或许会浮现北国那广袤无垠的雪原，灰蒙蒙的天空中弥漫着的凛冽的寒气，仿佛能刺透骨髓。然而，在朱自清的笔下，冬天却呈现出一种别样的温情，宛如一股暖流缓缓淌过心田，人间温暖的情意在其中涌动。

散文《冬天》仿佛是一部精妙的摄影作品集，巧妙地运用了当今的摄影艺术手法。作者用镜头般的语言，为我们展现了三幅细致入微的冬日画卷。每幅主画面中，又细腻地描绘出若干灵动的小画面，大中套小，大小相互衔接，主次交织补充，共同构建出一组冬天独有的、别具风味的景致。

这三幅画面分别定格于围炉吃豆腐的温馨时光、月下游西湖的浪漫景致以及临窗盼归人的深情期盼。每个画面中的主人公年龄不同，处境各异，心境与情绪也因此而各具特色。

第一幅画面，我们仿佛穿越时空，回到孩提时代，父子四人围坐在老旧的"洋炉子"前，共享"小洋锅"里的豆腐。尽管房子略显破旧，光线昏暗，但那份天伦之乐却将寒冷的冬天驱散得无影无踪。这种乐趣如同豆腐的味道，虽淡却回味无穷。多年以后，那萦绕心头的热气或许已化为眼中婆娑的泪花。

第二幅画面，我们与作者一同置身于月夜下的西湖。月色皎洁，微风轻拂，水波荡漾，山影朦胧，桨声悠扬。这无限的画意与诗情相互交织，营造出一种清幽宁静的氛围，仿佛置身于一场梦幻之中。无论世事如何变迁，人事如何更迭，那份与挚友相聚时的微笑永远成为心中的牵挂：何时再与君共游？

第三幅画面，我们被妻儿天真无邪的微笑所感染。厨房的大方窗如同一个相框，将这一温馨瞬间永远定格。生活或许充满了流离与变迁，居处或许时常感到空寂与孤独。但只要有妻子的陪伴，孩子的欢笑，四个人便足以构成一个完整的台州，一个温暖的天地。因此，即便外面总是寒冬凛冽，家里却永远春意盎然。

文章结尾，作者深情地写道："无论怎么冷，大风大雪，想到这些，我心上总是温暖的。"这"温暖"二字，便是这篇散文的精髓所在。原本各自独立的三个生活片段，因这"温暖"二字而紧密相连。父爱的朴实、友情的真挚、妻子的深情，无一不体现出"温暖"的主题。文章之所以能动人心弦，全赖这文眼的巧妙设置。

这虽是一幅无声的画面，却胜过千言万语。朱自清以其独特的艺术创意，为我们呈现出一幅幅充满温情的冬日画卷，令人陶醉其中，流连忘返。

论诚意

原载 1941 年 1 月 5 日《星期评论》第 8 期

诚伪是品性，却又是态度。从前论人的诚伪，大概就品性而言。诚实，诚笃，至诚，都是君子之德；不诚便是诈伪的小人。品性一半是生成，一半是教养；品性的表现出于自然，是整个儿的为人。说一个人是诚实的君子或诈伪的小人，是就他的行迹总算账。君子大概总是君子，小人大概总是小人。虽然说气质可以变化，盖了棺才能论定人，那只是些特例。不过一个社会里，这种定型的君子和小人并不太多，一般常人都浮沉在这两界之间。所谓浮沉，是说这些人自己不能把握住自己，不免有诈伪的时候。这也是出于自然。还有一层，这些人对人对事有时候自觉的加减他们的诚意，去适应那局势。这就是态度。

态度不一定反映出品性来；一个诚实的朋友到了不得已的时候，也会撒个谎什么的。态度出于必要，出于处世的或社交的必要，常人是免不了这种必要的。这是"世故人情"的一个项目。有时可以原谅，有时甚至可以容许。态度的变化多，在现代多变的社会里也许更会使人感兴趣些。我们嘴里常说的，笔下常写的"诚恳""诚意"和"虚伪"等词，大概都是就态度说的。

但是一般人用这几个词似乎太严格了一些。照他们的看法，不诚恳无诚意的人就未免太多。而年轻人看社会上的人和事，除了他们自己以外差不多尽是虚伪的。这样用"虚伪"那个词，又似乎太宽泛了一些。这些跟老先生们开口闭口说"人心不古，世风日下"同样犯了笼统的毛病。

一般人似乎将品性和态度混为一谈，年轻人也如此，却又加上了"天真""纯洁"种种幻想。诚实的品性确是不可多得，但人孰无过，不论哪方面，完人或圣贤总是很少的。我们恐怕只能宽大些，卑之无甚高论，从态度上着眼。不然无谓的烦恼和纠纷就太多了。至于天真纯洁，似乎只是儿童的本分——老气横秋的儿童实在不顺眼。可是一个人若总是那么天真纯洁下去，他自己也许还没有什么，给别人的麻烦却就太多。

有人赞美"童心""孩子气"，那也只限于无关大体的小节目，取其可以调剂调剂平板的氛围气。若是重要关头也如此，那时天真恐怕只是任性，纯洁恐怕只是无知罢了。幸而不诚恳，无诚意，虚伪等等已经成了口头禅，一般人只是跟着大家信口说着，至多皱皱眉，冷笑笑，表示无可奈何的样子就过去了。自然也短不了认真的，那却苦了自己，甚至于苦了别人。年轻人容易认真，容易不满意，他们的不满意往往是社会改革的动力。可是他们也得留心，若是在诚伪的分别上认真得过了分，也许会成为虚无主义者。

人与人事与事之间各有分际，言行最难得恰如其分。诚意是少不得的，但是分际不同，无妨斟酌加减点儿。种种礼数或过场就是从这里来的。有人说礼是生活的艺术，礼的本意应该如此。日常生活里所谓客气，也是一种礼数或过场。有些人觉得客气太拘形迹，不见真心，不是诚恳的态度。这些人主张率性自然。率性自然未尝不可，但是得看人去。若是一见生人就如此这般，就有点野了。即使熟人，毫无节制的率性自然也不成。夫妇算是熟透了的，有时还得"相敬如宾"，别人可想而知。总之，在不同的局势下，率性自然可以表示诚意，客气也可以表示诚意，不过诚意的程度不一样罢了。客气要大方，合身份，不然就是诚意太多；诚意太多，诚意就太贱了。

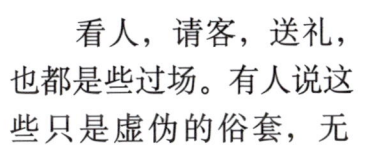

看人，请客，送礼，也都是些过场。有人说这些只是虚伪的俗套，无聊的玩意儿。但是这些其实也是表示诚意的。总得心里有这个人，才会去看他，请他，送他礼，这就有诚意了。至于看望的次数，时间的长短，请作主客或陪客，送礼的情形，只是诚意多少的分别，不是有无的分别。

看人又有回看，请客有回请，送礼有回礼，也只是回答诚意。古语说得好，"来而不往非礼也"，无论古今，人情总是一样的。有一个人送年礼，转来转去，自己送出去的礼物，有一件竟又回到自己手里。他觉得虚伪无聊，当作笑谈。笑谈确乎是的，但是诚意还是有的。又一个人路上遇见一个本不大熟的朋友向他说，"我要来看你。"这个人告诉别人说，"他用不着来看我，我也知道他不会来看我，你瞧这句话才没意思哪！"那个朋友的诚意似乎是太多了。

凌叔华女士写过一个短篇小说，叫做《外国规矩》，说一位青年留学生陪着一位旧家小姐上公园，尽招呼她这样那样的。她以为让他爱上了，哪里知道他行的只是"外国规矩"！这喜剧由于那位旧家小姐不明白新礼数，新过场，多估量了那位留学生的诚意。可见诚意确是有分量的。

> **知识速递：**
>
> 凌叔华（1900—1990年）：小说家、画家，以其清秀俊逸、朴实无华的文笔和细腻入微的绘画技巧著称，被誉为"第一个征服欧洲的中国女作家"，其才华备受泰戈尔等文学巨匠的赞誉，与林徽因、张爱玲等女作家齐名。

人为自己活着，也为别人活着。在不伤害自己身份的条件下顾全别人的情感，都得算是诚恳，有诚意。这样宽大的看法也许可以使一些人活得更有兴趣些。西方有句话，"人生是做戏。"做戏也无妨，只要有心往好里做就成。客气等等一定有人觉得是做戏，可是只要为了大家好，这种戏也值得做的。

另一方面，诚恳，诚意也未必不是戏。现在人常说，"我很诚恳的告诉你""我是很有诚意的"，自己标榜自己的诚恳，诚意，大有卖瓜的说瓜甜的神气，诚实的君子大概不会如此。不过一般人也已习惯自然，知道这只是为了增加诚意的分量，强调自己的态度，跟买卖人的吆喝到底不是一回事儿。常人到底是常人，得跟着局势斟酌加减他们的诚意，变化他们的态度；这就不免沾上了些戏味。西方还有句话，"诚实是最好的政策"，"诚实"也只是态度，这似乎也是一句戏词儿。

田老师讲：

《礼记·大学》有云：欲正其心者，先诚其意。

诚意，乃心之至诚，意之至真，多用于描述人与人之间交往时的恳切与实意。

在中华大地上，人们对诚意的重视可谓举世无双。探访亲友，若无礼品相赠，便觉失了诚意；客至家中，若不盛情款待，恐被人视为诚意不足。人类社会，既有社会便有交往，有交往便有礼节。尽管礼节之烦琐有时令人苦恼，但其存在之必要性却不容忽视。

本文开篇即点明主旨——"诚意"，既是一种内在的品性，也是一种外在的态度。作者从总体到细节，深入剖析了这一概念。品性与态度，虽相互关联，却各有侧重，论述之中逻辑严密，环环相扣。

然而，我们时常将品性与态度混为一谈，不自觉地将之归为品性一端。那么，这两者究竟有何不同？作者为我们解答：品性源于天生与教养，关乎为人之本；而态度则是为了应对不同情境，对人对事自觉调整诚意之深浅。

随后，文章进入第二部分，探讨诚意作为态度的必要性。我们不能片面地将诚意理解为率性而为，亦不能将其等同于过分客气。

既然诚意多表现为一种态度，且态度随情境而变，那么自然会产生礼数与过场，客气便是其中之一。客气，有时显得率真，有时却带有些许假意。然而，只要运用得当，客气亦能表达诚意。

表达与接受客气，皆是一门深奥的学问。表达客气时，需大方得体，否则诚意便会显得廉价。这里的廉价，是指其价值的降低。因为诚意是有分量的，若表达过度或不合时宜，便可能引起他人的反感或误解。作者通过几个生动的例子，为我们证明了这一点。

至于第三部分，作者提出了解决问题的方法——如何在不失诚意的前提下，妥善处理人际关系。他提出，在不损害自己身份的前提下，尽量顾全他人的情感，这便是诚意。即使偶尔需要"做戏"，只要心存善意，便无可厚非。这里的"顾全"，体现了一种为他人着想的善良。对于这样的心态，我们又怎能多加指责呢？也只有像作者这样洞察人生的人，才能拥有如此深刻的见解。

新中国在望中

1942 年 12 月 7 日作

抗战的中国在我们的手里，胜利的中国在我们的面前，新生的中国在我们的望中。

中国要从工业化中新生。我们要自己制造飞机、坦克车、军舰，我们要有自己的天，自己的地，自己的海。我们要有无数的"机器的奴隶"给我们工作；穿的，吃的，住的，代步的，都教它们做出来。我们用机器制造幸福，不靠神圣以及不可知的力量。

中国要从民主化中新生。贤明的领袖应该不坐在民众上头而站在民众中间，他们和民众面对面，手挽手。他们引着民众向前走，民众也推着他们向前走。民众亮出自己的声音，他们集中民众的力量。各级政府都建设在民众的声音和力量上，为了最大多数的最大幸福而努力。这是民治，民有，民享。

中国要从集纳化中新生。地广民众的中国要统一意志与集中力量，必得有为公众的喉舌，打通层层的壁垒。报纸将成为万有力量和人人必不可少的东西。报纸表现时代，批评时代，促进时代，它不但得在四万万人的手里，并且得在四万万人的心里。这就是集纳化。它曾给你知识，给你故事，给你诗，教导你，安慰你，帮助你认识时代，建立自己，建立国家。

新中国虽然已在望中，可是得吃苦耐劳，才能到我们手里。在我们当前的是暖和的，是的，在我们面前的是胜利的中国，在我们望中的是新生的中国。可是非得我们再接再厉的硬干，苦干，实干，新中国不会到我们手里！

田老师讲：

  1944年，历经长达十三年的艰苦卓绝的奋斗，中国人民的抗日战争与国际反法西斯战争均取得了令人瞩目的重大胜利。毛泽东曾振臂高呼："日本帝国主义和希特勒一样，快要灭亡了。"在这曙光初现，即将普照中华大地的时刻，朱自清满怀炽热的爱国之情，挥毫泼墨，写下了这篇充满激情的文章。他热切地期盼着抗战胜利后的中国能够焕发出新的生机："胜利的中国已近在眼前，新生的中国在我们的热切期盼中。"

  文章描绘了中国要获得新生所必须着眼的三个重要方面。首先，是"要从工业化中新生"，即着重于经济建设，致力于构建现代化的国防体系，努力"自己制造飞机、坦克车、军舰"。唯有如此，中国才能成为一个真正拥有完整领土主权的国家，才能"拥有自己的天空，自己的土地，自己的海洋"，才能推进工业化建设，利用机器生产，不再依赖那些神圣而不可知的力量，为国民谋福祉，消除愚昧落后，缔造文明繁荣。

  其次，是"要从民主化中新生"，即注重政治建设。具体的政治建设措施包括实行民主集中制，领袖人物要深入民众之中，真正代表民众的利益，成为民众的引路人，集中民众的智慧。他们应"站在民众中间","与民众面对面,手挽手","引领民众向前迈进","汇聚民众的力量"。各级政府也应以民众的利益为出发点,为广大民众谋福祉。只有政治的民主化,才能真正实现"民治,民有,民享"的理想状态。

最后,是"要从集纳化中新生",即倡导传媒公众化及言论自由,这是"统一意志与集中力量"的关键所在。作为传媒工具之一的"报纸",在新生国体中扮演着举足轻重的角色,它"将成为力量之源,成为人人不可或缺的存在"。只有当全国四万万民众真正掌握并运用这个"表现时代,批评时代,促进时代"的工具时,它才能为民众提供知识教育,帮助民众"认识时代,建立自我,建设国家"。

文章所阐述的三个方面的"新生",层层深入,相互衔接,如链条般紧密相扣。经济的工业化需要政治的民主化作为保障,而政治的民主化又需要传媒的公众化和言论自由作为监督。然而,这三方面恰恰是当时中国执政当局所面临的严重问题——经济滞后,政治独裁,传媒言论一统。朱自清怀揣着爱国爱民之心,以善意的愿景,从积极的角度指出,中国要想获得新生,必须彻底革除这些弊端。

文章结尾处,作者郑重地指出:"我们望中的是新生的中国。可是非得我们再接再厉的硬干,苦干,实干,新中国不会到我们手里!"这既展现了作者的爱国激情,也体现了他对现实的清醒认识和热切的期望,具有极强的号召力和感染力。

始终如一的茅盾先生

1945 年 6 月 22 日作

原载 1945 年《抗战文艺》第 10 卷第 4、5 合刊

茅盾先生开始他的文学业绩的时候，就标举人生的文学与写实的文学。这二十五年来，文坛上经过多少变化、多少花样，但茅盾先生始终不移地坚持他的主张，不，信仰。他看准了这是现代中国文学的大路。他介绍，翻译，批评，直到创作，一步步实现他所信的，他的生活也一致的向着这信仰。这样将文学的各方面打成一片，尤其将文学和生活打成一片，是难得的。他的影响是整个的，深透的。

茅盾先生并且要将自己和后进打成一片，他竭力奖掖后进的人。我就是受他奖掖的一个，至今亲切的感到他的影响。我的文学工作是受了他的鼓励而

发展的。这二十五年中他一定帮助了许多人成就了他们自己，不过我们未必一一知道罢了。他指出的现代中国文学的大路，到了这时代，大家都已看得分明，都会跟着他走。他今年才五十岁，有的是领导的力量；他的影响正在加深和扩大。

茅盾兄文艺工作二十五年纪念暨五十双庆

弟朱自清敬祝

卅(sà)四年六月

知识速递：

标举：意思是揭示，标明；高超，超逸；炫耀，赞扬。

奖掖（yè）：奖励提拔。

田老师讲：

朱自清与茅盾，这两位民国时期的文坛巨匠，他们的交往深厚而绵长。作为文学研究会的创始人之一，茅盾与同为该会资深会员的朱自清，早已在文学领域结下了不解之缘。时光流转至1938年那个春意盎然的季节，两人在武汉的中华全国文艺界抗敌协会中再度聚首，并被共同推选为理事，共同肩负着抗敌与文艺的双重使命。

朱自清与茅盾的友谊，可追溯至20世纪初的上海。那时，他们多次相聚，共话文学与人生。朱自清始终关注着茅盾的创作动态，当茅盾的《春蚕》问世时，他立刻挥毫泼墨，撰写了一篇《读〈春蚕〉》的书评，将其发表于《大公报·文学副刊》上，对茅盾的《林家铺子》《春蚕》《秋收》等佳作赞不绝口。不仅如此，他还为茅盾的《子夜》等作品发表了深入独到的书评，彰显出对茅盾作品的深厚情感与高度认可。

而茅盾亦对朱自清的文学才华颇为欣赏，在编选《中国新文学大系·小说一集》时，特意将朱自清的《笑的历史》和《别》收录其中，足见他对朱自清作品的珍视与推崇。两位文学大师在相互欣赏与尊重中，共同书写着民国文学的辉煌篇章。

1939年1月2日，朱自清主持的文协云南分会会议上，特意邀请了茅盾出席并发表演讲。茅盾欣然应允，发表了题为《从反面观点看问题》的演讲，其深刻见解与独到观点赢得了在场众人的热烈掌声。抗战胜利前夕的 1945 年 6 月 22 日，正值茅盾创作二十五周年暨五十岁诞辰之际，朱自清满怀深情地撰写了《始终如一的茅盾先生》一文，对茅盾的为文、为人给予了极高的评价。在这篇文章中，朱自清以细腻的笔触描绘了茅盾的文学成就与人格魅力，展现出了两位文学大师之间深厚的友谊与相互敬仰之情。

知识速递：

茅盾文学奖：是由中国作家协会主办，根据茅盾先生遗愿，为鼓励优秀长篇小说创作、推动中国社会主义文学的繁荣而设立的，是中国具有最高荣誉的文学奖项之一。奖项每四年评选一次，参评作品需为长篇小说，字数在 13 万以上。自 2011 年起，由于李嘉诚先生的赞助，茅盾文学奖的奖金从 5 万元提升到 50 万元，成为中国奖金最高的文学奖项。

教育家的夏丏尊先生

1946 年 7 月 15 日作

夏丏尊先生是一位理想家。他有高远的理想，可并不是空想，他少年时倾向无政府主义，一度想和几个朋友组织新村，自耕自食，但是没有实现。他办教育，也是理想主义的。最足以表现他的是浙江上虞白马湖的春晖中学，那时校长是已故的经子渊先生（亨颐）。但是他似乎将学校的事全交给了夏先生。是夏先生约集了一班气味相投的教师，招来了许多外地和本地的学生，创立了这个中学。他给学生一个有诗有画的学术环境，让他们按着个性自由发展。

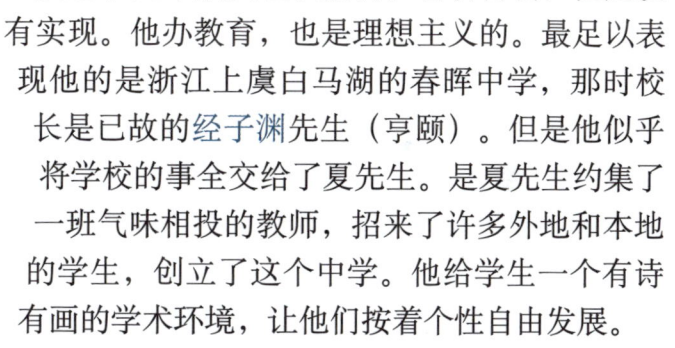

学校成立了两年，我也去教书，刚一到就感到一种平静亲和的氛围气，是别的学校没有的。我读了他们的校刊，觉得特别亲切有味，也跟别的校刊大不同。我教着书，看出学生对文学和艺术的欣赏力和表现力都比别的同级的学校高得多。

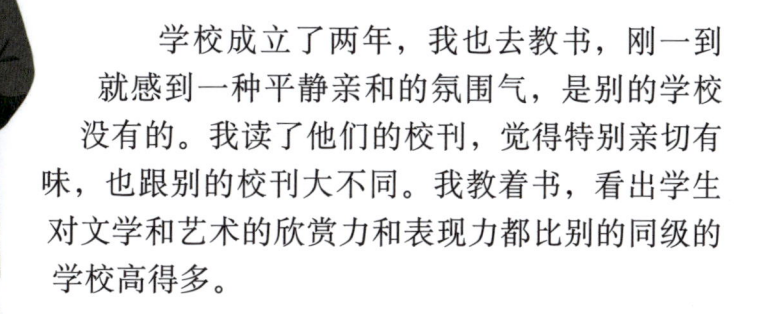

115

知识速递：

经子渊（1877—1938年）：名亨颐，字子渊，号石禅，晚号颐渊，浙江上虞人。他留学日本，回国后致力于教育事业，曾担任浙江两级师范学校、浙江第一师范学校校长，并创办春晖中学，倡导"与时俱进"的教育方针和"人格教育"，为国家培养了大量优秀人才，如宣中华、柔石、丰子恺等。

但是理想主义的夏先生终于碰着实际的壁了。他跟他的多年的老朋友校长经先生意见越来越差异，跟他的至亲在学校任主要职务的意见也不投合；他一面在私人关系上还保持着对他们的友谊和亲谊；一面在学校政策上却坚执着他的主张，他的理论，不妥协，不让步。

他不用强力，只是不合作；终于他和一些朋友都离开了春晖中学。朋友中匡互生等几位先生便到上海创办立达学园；可是夏先生对办学校从此灰心了。但他对教育事业并不灰心，这是他安身立命之处；于是又和一些朋友创办开明书店，创办《中学生杂志》，写作他所专长的国文科的指导书籍。《中学生杂志》和他的书的影响，是大家都知道的。他是始终献身于教育，献身于教育的理想的人。

知识速递：

匡互生（1891—1933年），字人俊，号务逊，又号日休，湖南邵阳人。中国近代史上具有重要地位的革命家和教育家。

开明书店：开明书店是20世纪上半叶中国著名出版机构，1926年由章锡琛创办。书店汇聚了夏丏尊、叶圣陶等多位学者作家为编辑团队，出版切合实际的教材，深受欢迎。书店共出版约1500种书刊，涵盖文学、艺术、语文等多个领域，主要面向中等教育程度的青年读者。1950年，开明书店与青年出版社合并为中国青年出版社。

  夏先生是以宗教的精神来献身于教育的。他跟李叔同先生是多年好友。他原是学工的，他对于文学和艺术的兴趣，也许多少受了李先生的影响。他跟李先生是杭州省立第一师范学校同事，校长就是经子渊先生。李先生和他都在实践感化教育，的确收了效果；我从受过他们的教的人可以亲切的看出。后来李先生出了家，就是弘一师。夏先生和我说过，那时他也认真的考虑过出家。他虽然到底没有出家，可是受弘一师的感动极大，他简直信仰弘一师。自然他对佛教也有了信仰，但不在仪式上。

他是热情的人，他读《爱的教育》，曾经流了好多泪。他翻译这本书，是抱着佛教徒了愿的精神在动笔的，从这件事上可以见出他将教育和宗教打成一片。这也正是他的从事教育事业的态度。他爱朋友，爱青年，他关心他们的一切。在春晖中学时，学生给他一个绰号叫做"批评家"，同事也常和他开玩笑，说他有"支配欲"。其实他只是太关心别人了，忍不住参加一些意见罢了。他的态度永远是亲切的，他的说话也永远是亲切的。

夏先生才真是一位诲人不倦的教育家。

知识速递：

《爱的教育》：是意大利作家埃德蒙多·德·亚米契斯于1886年创作的儿童文学作品，通过小学生安利柯一年的生活日记，记录了他在学校、家庭和社会中的所见所闻，展现了真挚的爱国主义、人道主义以及师生情、父子情等。

田老师讲：

朱自清与夏丏尊，这两位在中国现代教育史上熠熠生辉的名字，他们不仅在教育和文学领域各自留下了浓墨重彩的一笔，更在教育实践中相互辉映，共同倡导自由、平等、民主的教育理念，注重学生的个性发展。他们深知教育的真谛，不仅在于传授知识，更在于点燃学生内心的独立思考之火，激发他们的创新精神，鼓励他们勇敢尝试，不断探索，从而真正感受到学习的乐趣与动力。

朱自清笔下的《教育家的夏丏尊先生》，无疑为我们展现了一位充满智慧与魅力的教育家形象。他以细腻的笔触，生动描绘出夏丏尊先生的教育理念、人格魅力以及对教育事业的深沉热爱与对学生的无私关爱。

首先，夏丏尊先生创办春晖中学的经历，便是对其教育理想与实践的生动诠释。他坚信"千教万教，教人求真；千学万学，学做真人"，这种求真务实的教育观，不仅是对知识的深入追求，更是对人格完善的执着坚守。他注重学生的个性发展，致力于为学生打造一个既有诗意又有画意的学术环境，让每一位学子都能在这片沃土上自由生长。这种教育理念，不仅在当时堪称先进，更是对现代教育理念的深刻诠释。通过阅读这篇文章，中学生能够领略到不同教育理念的魅力，从而拓宽视野，启迪思维。

其次，夏丏尊先生的人格魅力更是令人折服。他以身作则，用自身的言行为学生树立起了崇高的榜样。他尊重每一位学生的个性，关心他们的成长，鼓励他们勇于展现自我。他以无尽的爱心和耐心去引导他们，让他们在教育的旅程中感受到温暖与力量。他的这种高尚品质，赢得了学生的广泛尊敬和爱戴，也让他们深刻体会到了教育的意义与价值。通过阅读这篇文章，学生们能够深刻认识到一个好老师的重要性，以及如何与老师建立起深厚的情感纽带。

此外，文章还通过描绘夏丏尊先生的个人经历与品质，展现了他高尚的人格与教育情怀。他拥有高远的理想，但并非空谈，而是通过不懈的努力与实践，将理想变为现实。这种精神与实践经验，对于中学生而言，无疑是一种极大的激励，鼓励他们积极追求自己的理想与目标。

总之，朱自清的《教育家的夏丏尊先生》不仅是一篇优美的散文，更是一篇具有深刻内涵的教育论文。它让我们重新审视教育的意义与价值，深刻感受到夏丏尊先生这位伟大教育家的卓越贡献与不朽精神。同时，它也激励着我们在教育的道路上不断前行，为培养更多具有独立思考能力和创新精神的学生而努力。

中国学术界的大损失
——悼闻一多先生

（一）

《文艺复兴》，1946 年

闻一多先生在昆明惨遭暗杀，激起全国的悲愤。这是民主运动的大损失，也是中国学术的大损失。关于后一方面，作者知道的比较多，现在且说个大概，来追悼这一位多年敬佩的老朋友。

大家都知道闻先生是一位诗人。他的《红烛》，尤其他的《死水》，读过的人很多。这些集子的特色之一，是那些爱国诗。在抗战以前他也许是唯一的爱国新诗人。这里可以看出他对文学的态度。新文学运动以来，许多作者都认识了文学的政治性和社会性而有所表现，可是闻先生认识得特别亲切，表现得特别强调。他在过去的诗人中最敬爱杜甫，就因为杜诗政治性和社会性最浓厚。后来他更进一步，注意原始人的歌舞：这是集团的艺术，也是与生活打成一片的艺术。他要的是热情，是力量，是火一样的生命。

知识速递：

闻一多（1899—1946年）：本名闻家骅，字友三，是中国现代爱国主义者和民主战士，也是新月派代表诗人和学者。1928年出版了诗集《死水》。1946年7月15日，在云南昆明，他遭到了国民党特务的暗杀。

但是他并不忽略语言的技巧，大家都记得他是提倡诗的新格律的人，也是创造诗的新格律的人。他创造自己的诗的语言，并且创造自己的散文的语言。诗大家都知道，不必细说；散文如《唐诗杂论》，可惜只有五篇，那经济的字句，那完密而短小的篇幅，简直是诗。

我听他近来的演说，有两三回也是这么精悍，字字句句好似称量而出，却又那么自然流畅。他因此也特别能够体会古代语言的曲折处。当然，以上这些都得靠学力,但是更得靠才气,也就是想象。单就读古书而论,固然得先通文字声韵之学;可是还不够,要没有活泼的想象力,就只能做出点滴的饾饤的工作,决不能融会贯通的。这里需要细心,更需要大胆。闻先生能够体会到古代语言的表现方式,他的校勘古书,有些地方胆大得吓人,但却是细心吟味所得;平心静气读下去,不由人不信。校书本有死校活校之分;他自然是活校,而因为知识和技术的一般进步,他的成就骎骎乎驾活校的高邮王氏父子而上之。

知识速递:

诗的新格律:是二十年代由新月诗派所提倡的一种诗歌形式,主张"理性节制情感"的美学原则,强调格律的重要性,其理论核心由闻一多提出的"三美"构成,即音乐美、色彩美和建筑美。

饾饤(dòu dìng):将食品堆叠在盘中,摆设出来。这里比喻堆砌、杂凑。

高邮王氏父子:王念孙与王引之是清代著名的训诂学家,被并称为"高邮二王"。父亲王念孙对音韵学、文字学、训诂学有深厚造诣;王引之继承父业,进一步推动了训诂学的发展。二人所著"高邮王氏四种"在学术史上占有重要地位,被学界誉为"一门绝学,两代宗师"。

他研究中国古代，可是他要使局部化了石的古代复活在现代人的心目中。因为这古代与现代究竟属于一个社会，一个国家，而历史是联贯的。我们要客观的认识古代；可是，是"我们"在客观的认识古代，现代的我们要能够在心目中想象古代的生活，要能够在心目中分享古代的生活，才能认识那活的古代，也许才是那真的古代——这也才是客观的认识古代。闻先生研究伏羲的故事或神话，是将这神话跟人们的生活打成一片；神话不是空想，不是娱乐，而是人民的生命欲和生活力的表现。这是死活存亡的消息，是人与自然斗争的纪录，非同小可。

他研究《楚辞》的神话，也是一样的态度。他看屈原，也将他放在整个时代整个社会里看。他承认屈原是伟大的天才；但天才是活人，不是偶像，只有这么看，屈原的真面目也许才能再现在我们心中。他研究《周易》里的故事，也是先有一整个社会的影像在心里。研究《诗经》也如此，他看出那些情诗里不少歌咏生活的句子；他常说笑话，说他研究《诗经》，越来越"形而下"了——其实这正表现着生命的力量。

他是有幽默感的人；他的认识古代，有时也靠着这种幽默感。看《匡斋尺牍》里《狼跋》一篇，便知道他能够体会到别人从不曾体会到的古人的幽默感。而所谓"匡斋"本于匡衡说诗解人颐那句话，正是幽默的意思。他的《死水》里《闻一多先生的书桌》，也是一首难得的幽默的诗。他有着强大的生命力，常跟我们说要活到八十岁，现在还不满四十八岁，竟惨死在那卑鄙恶毒的枪下！有个学生曾瞻仰他的遗体，见他"遍身血迹，双手抱头，全身痉挛"。唉！他是不甘心的，我们也是不甘心的！

（二）

1946 年 7 月 20 日作
原载于 1946 年 8 月 30 日《国文月刊》第 46 期

闻先生的惨死尤其是中国文学方面一个不容易补偿的损失。

闻先生的专门研究是《周易》、《诗经》、《庄子》、《楚辞》、唐诗，许多人都知道。他的研究工作至少有了二十年，发表的文字虽然不算太多，但积存的稿子却很多。这些并非零散的稿子，大都是成篇的，而且他亲手抄写得很工整。只是他总觉得还不够完密，要再加些功夫才愿意编篇成书。这可见他对于学术忠实而谨慎的态度。

他最初在唐诗上多用力量。那时已见出他是个考据家，并已见出他的考据的本领。他注重诗人的年代和诗的年代。关于唐诗的许多错误的解释与错误的批评，都由于错误的年代。他曾将唐代一部分诗人生卒年代可考者制成一幅图表，谁看了都会一目了然。他是学过图案画的，这帮助他在考据上发现了一种新技术；这技术是值得发展的。但如一般所知，他又是个诗人，并且是个在领导地位的新诗人，他亲自经过创作的甘苦，所以更能欣赏诗人与诗。他的《唐诗杂论》虽然只有五篇，但都是精彩逼人之作。这些不但将欣赏和考据融合得恰到好处，并且创造了一种诗样精粹的风格，读起来句句耐人寻味。

后来他在《诗经》、《楚辞》上多用力量。我们知道要了解古代文学，必须从语言下手，就是从文字声韵下手。但必须能够活用文字声韵的种种条例，才能有所创获。闻先生最佩服王念孙父子，常将《读书杂志》、《经义述闻》当作消闲的书读着。他在古书通读上有许多惊人而确切的发明。

对于甲骨文和金文，也往往有独到之见。他研究《诗经》，注重那时代的风俗和信仰等等；这几年更利用弗洛依德以及人类学的理论得到一些深入的解释。

他对《楚辞》的兴趣似乎更大，而尤集中于其中的神话。他的研究神话，实在给我们学术界开辟了一条新的大路。关于伏羲的故事，他曾将许多神话综合起来，头头是道，创见最多，关系极大。曾听他谈过大概，可惜写出来的还只是一小部分。他研究《周易》，是爱其中的片段的故事，注重的是社会生活经济生活的表现。近三四年他又专力研究《庄子》，探求原始道教的面目，并发见庄子一派政治上不合作的态度。

以上种种都跟传统的研究不同：眼光扩大了，深入了，技术也更进步了，更周密了。所以贡献特别多，特别大。近年他又注意整个的中国文学史，打算根据经济史观去研究一番，可惜还没有动手就殉了道。

这真是我们一个不容易补偿的损失啊！

田老师讲：

"你们杀死一个李公朴，会有千百万个李公朴站起来！"1946年7月15日上午，在沉痛悼念惨遭暗杀的李公朴的大会上，闻一多先生发表了著名的《最后一次的演讲》。然而，令人痛心的是，就在当天下午，他也遭到了暗杀。五日后，朱自清怀着深深的哀痛，为这位老朋友写下了悼念文章，回顾了闻一多先生对中国学术的杰出贡献。

对于闻一多先生被害的经过，朱自清仅在文章开头以简短的一句话提及，而在结尾则以惨烈的景象作为回顾。这种简短的叙述，更显得作者心中难以抑制的悲愤之情。"惨遭暗杀""激起悲愤"，这几个字明明白白地昭示了作者对此事的愤怒与悲痛，而"浑身血迹，双手抱头，全身痉挛"则无情地控诉了凶手的残忍暴行。

闻一多先生的离世，无疑是"民主运动的大损失"，这一点，关心政治的人都能深切体会；同时，这也是"中国学术的大损失"，或许对于那些不熟悉中国学术界的人来说，这一点未必明了。而朱自清先生之所以着重从这一角度进行悼念，我想，大概是因为在他心中，闻一多先生的首要身份是一位杰出的学者。这既是对闻一多先生身份的认同，也表明朱自清先生是他难得的知音。

在文章中，朱自清先生对闻一多先生的学术成就给予了高度评价。他称赞闻一多先生是中国抗战前"唯一的爱国新诗人"，是"创造诗的新格律的人",他"创造自己的诗的语言,并且创造自己的散文的语言"。此外,朱自清先生还详细介绍了闻一多先生在神话、《楚辞》、《周易》、《诗经》等各方面研究的卓越成就。他特别强调闻一多先生在学术上的伟大贡献,旨在告诉人们,国民党反动派所残杀的,是一位极具价值的学者,他们摧残了中国学术界不可多得的人才!这无疑会激起人们对敌人更大的愤恨。

同时,朱自清先生还指出,闻一多先生之所以能够取得如此卓越的学术成就,一方面得益于他的学力和才气,另一方面则归功于他的政治意识和关注社会、生活的现实主义精神。他强调文学应当表现政治性和社会性,而他的古代文化典籍和神话研究则力求客观地揭示古代生活、生命和整个社会的面貌。因此,朱自清先生赞誉闻一多先生"他要的是热情,是力量,是火一般的生命",这正是闻一多先生独特的精神价值,也是他与传统学者区别的关键所在。

对于这样一位杰出的闻一多先生,别人或许难以看透他的真正价值,但朱自清先生却能够深入洞察。这正是因为朱自清先生同样具有强烈的社会责任感和使命感。他们不仅是学术上的知音,更是志同道合之人。

最后,朱自清先生以悲愤的心情写道:"他有着强大的生命力,常跟我们说要活到八十岁，现在还不满四十八岁，竟惨死在那卑鄙恶毒的枪下！""他是不甘心的，我们也是不甘心的"。前一个"不甘心"道出了闻一多先生对生命的珍视和对社会的期待；而后一个"不甘心"则表达了闻一多先生的离世对整个中国社会的巨大损失，朱自清先生难以接受这一残酷的事实。整篇文章字里行间洋溢着对友人的赞美和挚情，同时也不难感受到文字背后所蕴含的忧愤和悲慨之情。

后来，朱自清专门写诗歌颂好朋友闻一多：

你是一团火，照彻了深渊；
指示着青年，失望中抓住自我。
你是一团火，照明了古代；
歌舞和竞赛，有力猛如虎。
你是一团火，照亮了魔鬼；烧毁了自己！
遗烬里爆出个新中国！

附闻一多《死水》：

这是一沟绝望的死水①，清风吹不起半点漪沦②。
不如多扔些破铜烂铁③，爽性泼你的剩菜残羹。
也许铜的要绿成翡翠④，铁罐上锈出几瓣桃花；

再让油腻织一层罗绮⑤,霉菌给他蒸出些云霞⑥。
让死水酵成一沟绿酒⑦,漂满了珍珠似的白沫;
小珠们笑声变成大珠,又被偷酒的花蚊咬破。

那么一沟绝望的死水,也就夸得上几分鲜明⑧。
如果青蛙耐不住寂寞,又算死水叫出了歌声。

这是一沟绝望的死水,这里断不是美的所在,
不如让给丑恶来开垦⑨,看它造出个什么世界。

①一沟绝望的死水:比喻在军阀统治下黑暗腐败的旧中国。
②清风:比喻一切新鲜的思想和力量。漪沦:细波。
③破铜烂铁:指破旧锈烂的铜铁器。
④翡翠:玉器。
⑤罗绮:丝绸衣裳。
⑥霉菌:真菌。
⑦酵:有机物由于某些菌或酶而分解。
⑧鲜明:指色彩明亮。
⑨丑恶:丑秽邪恶。开垦:指开创某种事物。

大学的路

1947 年

　　暑假了，许多中学毕业生投考大学，其中百分之十到二十将会取入大学。现在大学只能容纳这么多的新生，不能不有所选择，选择的标准是知识与能力。选中的是有福的，他们能够继续的增广知识，加强能力，有希望成为一些领导的人才。但是大学仔细的选择他们，他们也得仔细的选择大学的路。大学的路不止一条，通到各处，可是归到一处。这同归的一处就是国家和社会的进步；进步是综合的，得大家从各方面努力，这就是通到各处。大学训练分工，可是归于合作。

大学分为不同的院系，就是通到各处的路。新生选择院系，有些是照着家庭的希望，但是大多数似乎是照着自己的兴趣。兴趣并不一定代表才力，往往选了院系学了一年两年，才发现自己让那靠不住的兴趣骗了，走了错路，也走了冤枉路。

家庭的希望往往寄托在个人的出路上，学生自己也有许多着眼在出路上。这虽然不免自私，但是未尝没有道理。不过才力相宜方能有出路，不相宜不会有出路。看来是好出路的，未必人人都走得通；走不通就成了死路。大学生择业，从报考的时候就得仔细考虑，最好多商量，和父母商量，和师友商量。进了大学，特别是第一年终了的时候，更得多商量。各项成绩当然是重要的标准；别唱高调，说分数不能代表你，分数是足以指示一般人的才力的，除了少数的奇才异能而外。

多少年来大学生差不多都乐意专业化，越早越好。专业化是一条窄路。大学虽分院系，但是教育学生却该注重通识；有了足够的通识再去专业化，那种专业化才是健全的。不然只能成就技术人才，不能成就领导人才；甚至于欲速不达，只剩了个半瓶醋。现在大学的公共必修学程，用意正在培养学生的通识，让他们能有比较远大的眼光，并且能看清楚自己的地位和任务。学生好像都不大乐意这些学程，但是相信让他们勉强学习，多少还是有益的。

还有，大学二三四年级学生修习本系的必修选修课程之外，最好能够选习一些别系的课，不但可以调剂学习的兴趣，也是培养通识一个重要的过程。从前有些大学有主系副系的办法，其实很好，现时似乎很难施行了，是很可惜的。现时大学各系的必修课程往往太多，使学生来不及选别系的课，也正是太重专业的毛病。我想教授们还是应该鼓励学生指示学生尽可能选些别系的课。这个我知道学生倒是乐意的。

现在的大学生特别注意现实的政治，也可以说是通识的一方面的表现，并且也可以增加某些知识和能力。这是他们在教育人民。但是他们在这青年时代，更重要的自然还是受教育，受教育是他们的本位。不忘记自己的本位，才不至于离开大学的路，才不至于使大学离开它自己的路。

知识速递：

通识教育：一种非专业性的、广泛性的教育理念，旨在培养学生独立思考、关注社会、具备批判性思维和解决实际问题的能力。它强调知识的整合与贯通，不仅关注专业知识的学习，更重视跨学科的基础知识和人文社会科学知识的掌握。现代中国大学教育的语境下，最先提出"通识"一词的是钱穆先生。他于1940年撰文《改革大学制度议》，提出"智识贵能汇通"。1941年，梅贻琦先生和潘光旦先生在《大学一解》中，也提出了"通识为本，而专识为末，社会所需要者，通才为大，而专家次之，以无通才为基础之专家临民，其结果不为新民，而为扰民"的著名论断。

田老师讲：

朱自清，这位资深的教育家，曾在清华大学中文系担任教授及系主任的要职。抗战烽火燃起后，他毅然随校南迁，继续在国立西南联合大学执教，在教育的田野上为国家的未来播种希望。作为一位深谙教育之道的教师，他始终心系中国的教育事业与青年学子的成长。当时的中国正处于社会转型的关键期，新旧文化交织，知识分子身处其中，既面临挑战也拥有机遇。朱自清，这位文学与教育界的巨擘，通过这篇散文，深刻阐述了自己对大学教育的独到见解，以及对时代青年的殷切期盼。

这篇作品的主题深远而庄重，朱自清直截了当地指出，大学的道路，实则承载着国家和社会的进步。各个院系、专业，如同通往四面八方的条条大路，指引着青年学子们前行。他深刻强调了大学教育对于个人成长与社会进步所起到的至关重要的作用。

继而，朱自清以诚恳的态度，耐心地劝诫青年学生们如何审慎选择自己的专业道路。他提醒学子们，在选择专业时，从报考的那一刻起便需深思熟虑。同时，他着重指出，虽然专业选择至关重要，但学生们更应注重通识教育。只有在拥有足够广博的知识基础后，再去深入专业领域，这样的专业化才是全面而坚实的。

通过对大学道路的细致描绘与深刻感悟，朱自清表达了自己对当时中国文化与社会的深刻反思。他坚信，大学教育不仅是培育新时代杰出人才的摇篮，更是推动社会不断前进的重要引擎。因此，他热切呼吁广大青年学生珍惜大学时光，努力学习各种知识与技能，为国家和民族的繁荣昌盛贡献自己的力量。

时光荏苒，七十多年过去了，这篇作品中的兴趣、专业化、通识、教育等词汇依然熠熠生辉。这篇作品依然具有重要的现实指导意义，为我们提供了宝贵的启示与借鉴。

怎样学习国文

《国文杂志》1944 年 7 月 15 日第三卷第三期

国文这科，在学校里是一种重要的功课，与英、算居同等的地位。可是现在呢？国文只是名义上的重要了，其主要的原因，就是一般学生存着错误的观念，以为我们是中国人，学中文，当然是容易的，于是多半对这门功课不很用功。无论白话文也罢，文言文也罢，在学习的时候，往往词不达意的地方很多，这就是没有对国文这科下过一番功夫的缘故。

最近的舆论，以为中学生的国文程度很低落，这种低落，指的是哪方面？所谓低落，若是在文言文这方面，确实是比较低落，尤其是近十余年来，中学生学作文言，许多地方真是不通。读文言的能力也不够。但从作白话文这方面来说，一般的标准是大大地进步了，对于写景抒情的能力，尤其非常地可观。可是除此而外，对白话写议论文及应用文的能力，却非常地落后。

知识速递：

舆论：解释为公众的言论。意思是人在某时间与地点，对某行为公开表达的内容，是不同信念、意见和态度的总和。

中学生对于"读"的功夫是太差了，现在把"读"的意义简单地说一说。"读"这方面，它是包含着了解的程度及欣赏的程度。就像看一张图画，你觉得它确实太好了，但问你好到什么境地，那么得由你自己去体会，从体会的能力，就见出欣赏的深浅。

古人作一篇文章，他是有了浓厚的感情，发自他的胸腑，才用文字表现出来的。在文字里隐藏着他的灵魂，使旁人读了能够与作者共感共鸣。我们现在读文言，是因为时间远隔，古今语法不同，词汇差别很大，你能否从文字中体会古人的感情呢？这需要训练，需要用心，慢慢地去揣摩古人的心怀，然后才发现其中的奥蕴，这就是一般人觉得文言文了解的程度，比白话文实在是难的地方。

> **知识速递：**
>
> 揣摩：反复地思考琢磨。
>
> 奥蕴：蕴藏于事物内部的秘密。

再进一步，可以说，白话与文言固然不同，白话与口语，又何尝一致呢？在五四运动的时候，有人提出口号："文语一致"。这只是理想而已。"文"是许多字句组织起来的，"语"则不然，说话的时候，有声调、快慢、动作等因素来帮助它，可以随便地说，只要使对方的人能够了解。总之，"语"确实是比"文"容易。

文言文，大学生与中学生都不大喜欢读的，大半因为文言文中的词汇不容易了解，譬如文言文中的"吾谁欺？"在白话文中是"我欺负哪一个？"的意思。如果你不了解古代文法，也许会想到别的意义上去。然而只要多读它几遍，多体会一下，了解的程度就不同，所以"读"的功夫，我是以为非常重要的。

我们之所以对典籍冷淡，另一方面，是因为它里面的事实与我们现在不同。电影、汽车、飞机等类，在古代书籍中就见不到。反之，古代许多事物在我们现在也无从看到，譬如官制、礼节、服装，等等，必须考据才能知道，这都阻碍我们阅读的兴趣，然而，只要用心，是没有什么困难不可以克服的。

生在民国的人们，学作文章，便不需要像作古文那样费很大的力量，只要你多读近代的作品，欣赏过近代的文学作品，博览过近代的翻译书籍、文学名著，那么，你写的文章，也可以很通顺，这是不用举例证明的。文言文中的应用文，再过二十年，必定也要达到被废弃的境地，因为白话文的势力，渐渐地侵入往来的公文和交际的信函中了。

由于文言文在日常应用上渐渐地失去效用，我们对于过去用文言文写的典籍，便漠不关心，这是错误的思想。因为我们过去的典籍，我们阅读它，研究它，可以得到古代的学术思想，了解古代的生活状况，这便是中国人对于中国历史认识的任务，你多读文言，多研究历史、典籍、古文，这阅读工作的本身就是值得尊重的！

读文言最难的一步工作，是需要查字典、找考证、死记忆。有一种人图省事，对这步工作疏忽，囫囵吞枣地读下去，还自号"不求甚解"，这种态度，太错误了。假若我们模仿陶渊明的"好读书，不求甚解"的态度，那是有害无益的。他的不求甚解，是因为学问已经很渊博了，隐居时才自称"不求甚解"的，这句话含着他的人生观，青年人是万万不能从表面去仿效的。如果你以为他的不求甚解，就是马虎过去的意思，那么你非但没有了解"不求甚解"这句话的意义，对于你所读的书，就更无从了解。

知识速递：

不求甚解：只求懂得大概，不求深入了解。

碰见文言中不懂的词汇，除了请教国文老师而外，必须自己去查字典，以求"甚解"。如文言中的"驰骋文场"这成语，有一个人译到外国去是"人在书堆里跑马"的意思，这岂不是笑话吗？又如"巨擘"，原意是指拇指叫作巨擘(bò)，而它普通的意义是用来表示"第一等"或"呱呱叫"等意义的赞语，这些地方就得留神，才不会出错。再举一例：

白日依山尽，黄河入海流。欲穷千里目，更上一层楼。

它在辞句上直接表示的意境已非常优美，但这首诗更说出另一种道理，它暗示人生，必须往高处走。所以我们读这首诗的时候，最要紧的是要懂得"言外之意"。又如下例：

铜炉在向往深山的矿苗，瓷壶在向往江边的陶泥……

这两句新诗，它的含义似乎更深了，有些人不解，但如果读了全文，便知道是非常容易明白的话。由此可见，诗里含着高尚的感情，只要你多欣赏，多诵读，必能了解得更深刻。

此外关于了解文章的组织，也是必须的，须得把每篇文章做大纲，研究它怎样发展出来，中心在哪里，还要注意它表面的秩序，这种功夫，须得从现在就养成习惯，训练这种精神。

最后，我要告诉大家的，是关于写作方面，那你必须了解"创作"与"写作"的性质是不同的。自五四运动以后，许多人都希望成为一个作家，可是在今天，我们所能看见成功了的、出名的，确是寥寥无几。推究失败的原因，是到处滥用文学的感情和用语，时时借文字发泄感情，文学的成分太多了，不能恰到好处，反而失去文学真正的意义。

来纠正我们这些坏习惯，必须从报章文体学习。而我们更要学写议论文，从小的范围着手，拣与实际生活有密切关系的问题练习写，像关于学校中的伙食问题，你抓住要点，清清楚楚地写出来，即是有条理的文章。新闻事业在今世突飞猛进，发展的速度可以超乎其他文体之上，因为它简洁而扼要。这种文体，我希望大家能努力去学。与其想成为一个文学家，不如学做一个切切实实的新闻记者。

田老师讲：

朱自清，这位卓越的语文教育家，在其长达29年的教育生涯中，对国文教学的多个领域，如阅读、朗诵、诗学等，进行了许多开创性的研究与探索，特别是在写作教学方面展现出了独特的匠心。

他与叶圣陶、吕叔湘等杰出教育家共同编纂了《开明高级国文课本》《开明文言读本》等一系列具有深远影响的教材和课本，还与叶圣陶联手撰写了《国文教学》《精读指导举隅》《略读指导举隅》等阅读与教学指导的力作，旨在切实地引导学生们掌握国文学习的精髓。

朱自清先生特别强调，培养良好的阅读习惯是学习国文的基础之石。这不仅仅意味着需要保持充足的阅读量，更重要的是对阅读内容的广泛涉猎和选择。通过广泛阅读各类文学作品，特别是文言文，学生们能够逐渐培养对语言的敏锐感知，深化对文章结构的理解，并增强对作者情感的把握能力。

朱自清进一步告诫学生们，读书切忌不求甚解、囫囵吞枣。遇到不懂的问题，应当积极请教老师，或借助字典等工具，直至彻底理解为止。这种严谨的学习态度，是深化学习、提高自我修养的必经之路。

在谈到写作时，朱自清提出了独到的见解。他认为，"创作"与"写作"在性质上存在着明显的差异。他深入剖析了五四运动后许多人"作家梦"破灭的原因，并提醒学生们在写作时要避免滥用文学情感和用语，而应多多学习写议论文，以锻炼自己的逻辑思维和表达能力。